MW01101297

Alice
et la pantoufle d'hermine

Retrouvez  dans la Bibliothèque Verte

Caroline Quine

Alice et la pantoufle d'hermine

Traduction
Jean Esch

Illustrations
Marguerite Sauvage

HACHETTE
Jeunesse

Alice
Jeune détective de choc,
extrêmement perspicace et courageuse pour
ses dix-huit ans. Au volant de son cabriolet,
elle se lance dans des enquêtes toujours
trépidantes... quitte à affronter des
adversaires aussi malhonnêtes que
dangereux !

Marion
Le garçon manqué de la bande.
Avec Bess, c'est la meilleure amie d'Alice...
Grande sportive, elle a le
goût de l'aventure, et ne dit
jamais non à une bonne
enquête !

Bess
C'est la cousine de Marion.
Gourmande, coquette et aussi un
peu timorée, elle finit cependant
toujours par suivre ses amies dans les
aventures les plus risquées...

James Roy

Le père d'Alice.
Ce célèbre avocat prête souvent main-forte à sa fille dans ses enquêtes... quand ce n'est pas Alice qui l'aide à résoudre les énigmes les plus ardues !

Ned

Lorsqu'il n'est pas retenu par ses épreuves sportives ou par ses cours à l'université, ce beau jeune homme aide les trois amies à résoudre les mystères les plus ténébreux... pour le plus grand plaisir d'Alice !

L'ÉDITION ORIGINALE DE CE ROMAN A PARU
EN LANGUE ANGLAISE CHEZ GROSSET & DUNLAP,
NEW YORK, SOUS LE TITRE :

THE CLUE IN THE CRUMBLING WALL

© Grosset & Dunlap, Inc., 1945.
© Hachette Livre, 1997, 2006 pour la présente édition.

Traduction revue par Anne-Laure Estèves.

Hachette Livre, 43, quai de Grenelle, 75015 Paris.

chapitre 1

Des inconnus dans le jardin

De grosses gouttes de pluie rebondissent sur le trottoir. Alice Roy court le plus vite possible pour rentrer chez elle. Le vent, qui souffle en rafales, fait voler ses cheveux blonds.

« L'orage va être terrible ! » se dit la jeune fille en levant un regard anxieux vers les gros nuages qui traversent le ciel.

Dans la rue, les gens se dépêchent de gagner un abri, tandis que les portes et les fenêtres des maisons se ferment. Cette journée d'été a été particulièrement lourde et, maintenant, l'air s'est brusquement rafraîchi. Une grosse branche d'érable tombe juste devant Alice, mais la jeune fille poursuit sa course. Coupant à travers le jardin d'un voisin, elle parvient enfin chez elle, hors d'haleine. Au même instant, un éclair fulgurant déchire le ciel, suivi d'un coup de tonnerre assourdissant. Sarah, la gouvernante qui a élevé Alice depuis la mort de Mme Roy, survenue alors que la jeune fille n'était encore qu'une enfant, l'attend sous le porche.

— Enfin ! Tu es là ! s'écrie-t-elle avec un soupir de soulagement.

Pendant près de vingt minutes, une pluie torrentielle s'abat, si dense qu'on ne distingue rien à deux mètres. Quand l'averse s'arrête, Alice jette un regard atterré par la fenêtre. Quel ravage dans le jardin ! Les roses trémières sont couchées sur le sol et les marguerites aplaties dans la boue.

— Le jardin est dans un état ! se lamente-t-elle. Et...

Sans achever sa phrase, la jeune fille se précipite au-dehors, suivie de la gouvernante. Alice regarde, consternée, une plate-bande de fleurs.

— Mes rosiers ! gémit-elle. Où est-ce qu'ils sont passés ?

À l'emplacement où, la semaine dernière, elle avait planté quatre rosiers d'une espèce rare, il n'y a plus que quatre trous remplis d'eau.

— C'est sûrement le vent..., commence Sarah.

— Ce n'est pas possible ! Ils ne seraient pas loin, et là, je ne les vois nulle part, réplique la jeune fille qui, déjà, parcourt le jardin à leur recherche. Et puis, je les avais bien enfoncés dans la terre. Je suis sûre qu'on me les a volés !

— Quelle idée ! Qui aurait pu te les prendre ?

— Je n'en sais rien, mais tu sais, ces plants

8

de rosiers sont très rares, on ne les trouve pas dans la région.

— Il faut prévenir la police alors, décide la gouvernante.

D'un pas résolu, elle rentre dans la maison pour téléphoner. Deux minutes plus tard, elle revient annoncer à Alice :

— Tu ne vas pas me croire ! Plusieurs autres personnes ont porté plainte pour des vols de plantes. Un inspecteur va passer ici dans peu de temps.

— J'ai l'impression que je ne reverrai pas mes rosiers de sitôt, soupire la jeune fille.

— À moins que tu ne partes à leur recherche toi-même, dit Sarah avec un clin d'œil malicieux. Qui mieux qu'Alice Roy, la célèbre détective de River City, pourrait les retrouver ?

La jeune fille sourit à cette taquinerie. Modeste et simple, elle se refuse à admettre ses dons étonnants de détective amateur. Et pourtant, elle s'est forgé une solide réputation dans la ville. En quelques années à peine, elle a résolu un bon nombre d'énigmes particulièrement complexes.

Les deux femmes s'affairent aussitôt à remettre en état le pauvre jardin malmené par l'orage. Au bout d'un moment, Alice se relève en entendant une voix familière.

— Ça doit être Méptit, dit-elle en riant. Tu as besoin de coquillages aujourd'hui ?

— Ah non, alors ! répond Sarah. Mais je le

connais, il va encore essayer de me vendre quelque chose !

Méptit est un retraité de la marine, qui a gardé la nostalgie de la mer. Blessé au cours d'une traversée, il a dû abandonner son métier et, aujourd'hui, il pêche des palourdes, des mulettes et d'autres coquillages dans l'estuaire de la rivière toute proche et les vend au porte-à-porte. C'est Alice qui, toute petite encore, a donné ce surnom au vieil homme au grand cœur, parce qu'il ponctue chacune de ses phrases de « Mes petits », quel que soit son interlocuteur. Elle en a déduit qu'il s'appelait ainsi et, bientôt, tout le monde n'a plus connu le vendeur de coquillages que sous ce nom.

Déjà, le vieux loup de mer gravit allégrement l'allée et, apercevant Alice et Sarah, lance :

Achetez mes coquillages,
Mes bons coquillages !
Mangez de la soupe,
De la soupe aux palourdes !

— Rien pour aujourd'hui ! crie Sarah en s'éloignant vers la maison.

Comme elle se retourne malgré elle, le vieux marin lui décoche son sourire le plus désarmant.

— Elles ne sont pas chères, plaide-t-il. Vous n'allez quand même pas bouder mes mulettes, mes petites. Elles sont irrésistibles !

— Irrésistibles ou pas, je ne veux ni mulettes

ni palourdes, réplique Sarah avec sérieux. Et n'insistez pas, je suis de très mauvaise humeur ! On nous a volé nos quatre plus beaux rosiers.

— Non ! s'exclame le vieil homme. C'est vraiment pas de chance, mais avec un petit geste, vous pouvez rattraper ça, et même au centuple.

— J'aimerais bien savoir comment !

— En achetant les mulettes, les bonnes mulettes de Méptit !

— Je ne vois pas le rapport entre mes rosiers et vos mulettes !

— Mais si ! Vous allez trouver une perle dedans, répond le marin en éclatant de rire, et vous pourrez acheter une bonne douzaine de rosiers avec l'argent que vous en tirerez.

— Ah bon ? Et quelqu'un a déjà découvert une perle dans une de vos mulettes ? s'informe Alice, amusée.

— Demandez à Jasper Picktal si vous ne me croyez pas ! fanfaronne le vendeur. D'accord, c'était pas une grosse perle, ni une très belle, mais c'en était quand même une. Et il l'a vendue.

— Bon, dit Sarah, je peux peut-être vous acheter une ou deux douzaines de mulettes alors. Alice, s'il te plaît, va chercher mon porte-monnaie dans le tiroir de la cuisine.

La jeune fille s'exécute aussitôt et, peu après, le vieux marin repart, ravi, en chantant son refrain. Les deux femmes emportent leur achat à la cuisine.

— Ça serait drôle de découvrir une perle, plaisante Alice.

— Aide-moi à ouvrir ces mulettes, enchaîne Sarah en lui tendant un couteau. Je vous ferai des bouchées à la reine ce soir.

— C'est parti ! s'écrie Alice en se mettant au travail avec enthousiasme.

— Doucement ! Tu vas t'enfoncer la pointe du couteau dans la main !

La jeune fille ralentit le rythme. Au bout d'un moment, elle a devant elle un gros tas de coquilles vides, mais pas la moindre petite perle !

— J'en étais sûre ! se lamente-t-elle. Ce n'est pas avec les mulettes de Méptit que je vais faire fortune !

Disant cela, elle ouvre le dernier coquillage et y jette un coup d'œil rapide, par acquit de conscience. Elle s'apprête déjà à le déposer parmi les autres quand une petite bosse attire son attention. Osant à peine y croire, elle examine la coquille. Encastrée à l'intérieur, elle voit une petite boule blanche.

— Sarah ! J'ai trouvé une perle ! s'écrie-t-elle, triomphante, en la tendant à la gouvernante.

Les yeux écarquillés, celle-ci contemple la petite bille.

— Je cours chez M. Morinex ! poursuit Alice, surexcitée.

Sarah n'a pas le temps de dire un mot que déjà sa protégée a claqué la porte et se rue vers la boutique de M. Morinex, un bijoutier spécialisé dans les objets anciens. Les Roy le connaissent depuis des années et ont une totale confiance en lui. Arrivée à son magasin, Alice doit attendre un bon quart d'heure qu'un homme d'une cinquantaine d'années, à l'air très désagréable, ait achevé de discuter avec le commerçant, auquel il veut vendre une montre. Enfin, le vendeur empoche quelques billets, tourne les talons et sort en grommelant :

— À ce prix-là, je vous en ai fait cadeau !

— Toujours aussi aimable..., remarque M. Morinex quand la porte s'est refermée. C'est Hector Karoja, l'avocat, dit-il en apercevant la jeune fille. Il négocie toujours jusqu'au dernier centime. Si tous mes clients étaient comme lui, je pourrais mettre la clef sous la porte. Mais parlons d'autre chose ! Qu'est-ce que je peux faire pour toi, Alice ?

Celle-ci tire la perle de son sac et demande au bijoutier ce qu'il en pense. M. Morinex l'examine soigneusement.

— Elle est belle, très belle même, assure-t-il. Elle vaut une jolie somme d'argent. Tu l'as trouvée où ?

— Dans une mulette de la Muskoka.

Une expression étonnée se peint sur le visage du commerçant. Au bout de quelques secondes, il murmure :

— J'en ai acheté une il y a quelque temps à

Jasper Picktal, mais elle était loin d'être aussi belle.

— Vous voulez acheter la mienne ?

— Bien sûr, et je t'en donnerai un bon prix, mais j'aimerais que tu m'apportes la coquille où tu l'as trouvée. Je l'exposerai dedans.

Et avec un sourire, M. Morinex ajoute :

— Il va y avoir une ruée de pêcheurs de mulettes à River City !

Alice remet la perle dans son sac et sort avec empressement pour aller chercher la coquille. Tout absorbée par cet heureux coup du hasard, elle ne fait pas attention à un jeune garçon, qui se met à la suivre de loin. Insouciante, elle porte son sac sous le bras. Comme elle passe devant un grand magasin, au milieu d'une foule d'acheteurs, elle jette un regard aux vitrines. Le gamin en profite pour se rapprocher d'elle et, d'un geste brusque, il lui arrache le sac et s'enfuit à toutes jambes !

chapitre 2

Le château Trabert

Alice reste un moment clouée sur place de stupeur. Quand, enfin, elle se retourne, le voleur est déjà loin. La jeune fille s'élance à sa poursuite, en s'efforçant de ne pas bousculer les nombreux passants.

— Qu'est-ce qu'il y a ? lui demande un homme qu'elle vient d'éviter de justesse.

— Mon sac !... on me l'a volé !

Le promeneur se met à courir dans la direction qu'elle lui indique. Mais le jeune voleur semble avoir des ailes. Alice le voit s'engager dans une ruelle et sauter par-dessus un mur. Trop tard ! À bout de souffle, elle s'arrête.

— Ce n'est pas la peine, on ne le rattrapera pas, déclare-t-elle avec découragement.

— Vous aviez beaucoup de choses dans votre sac ? s'enquiert l'homme.

— Non, un carnet, un stylo et quelques pièces de monnaie. Et puis...

Elle s'arrête là mais ajoute en elle-même :

« Adieu ma perle ! »

Elle remercie gentiment le passant qui a participé à la poursuite, puis reprend le chemin de la maison. En route, elle décide de s'arrêter au commissariat pour signaler le vol.

— On fera le maximum pour retrouver le coupable, lui promet l'inspecteur quand elle lui a raconté son histoire. Victime de deux vols en une heure, c'est un record !

Alice repart avec la triste conviction qu'elle ne reverra pas plus son sac que ses rosiers... Pourtant, elle a la surprise, en arrivant chez elle, de voir une jeune femme, en uniforme d'officier de police, plongée dans une conversation animée avec Sarah.

— Alice, voici le lieutenant Masters, annonce la gouvernante. Elle vient enquêter sur le vol des rosiers et elle m'a dit des choses qui vont t'intéresser.

Le lieutenant Masters est une charmante jeune femme au regard décidé. Depuis peu chargée de la surveillance des jeunes à River City, elle a déjà su se faire apprécier.

— Mon chef m'a beaucoup parlé de vous, mademoiselle, commence-t-elle d'une voix agréable. Et de votre père aussi. Apparemment, vous avez déjà résolu des énigmes très difficiles.

— C'est vrai que ça me passionne, mais je ne suis qu'un amateur.

— Ce n'est pas ce qu'on m'a dit, reprend la jeune femme en souriant. Mais parlons un peu de cette histoire de rosiers volés. Est-ce que vous avez des soupçons ?

— Non, pas le moindre.

— Eh bien, moi, je pense que c'est une petite fille qui les a pris.

— Une petite fille ! répète la jeune détective, abasourdie.

— Oui. Je suis sûre que c'est Roseline Fenimore. Elle a huit ans et adore les fleurs. Elle les connaît très bien d'ailleurs. Ces dernières semaines, elle a volé des graines, des plants et même de petits arbustes.

— Ça alors ! lâche Alice.

— La petite n'a plus son père, précise la jeune femme. Sa mère est malade et très pauvre.

— Dans ce cas, je retire tout de suite ma plainte.

— Non, il faut que vous récupériez les rosiers. C'est dans l'intérêt de Roseline. De toute façon, sa mère y tiendra. Le comportement de la petite l'inquiète beaucoup.

— Il y a certainement une raison pour qu'elle agisse comme ça, intervient Sarah.

— Probablement, approuve le lieutenant de police. Si j'avais un peu plus de temps, j'essaie-

17

rai d'éclaircir le mystère qui entoure les Fenimore.

— Un mystère ? répète la jeune détective, qui
dresse aussitôt l'oreille à ce mot.

— Je vais chez Mme Fenimore, dit en souriant la jeune femme, heureuse de voir qu'elle a
piqué au vif l'intérêt d'Alice. Si vous voulez
m'accompagner, vous pourrez juger par vous-
même.

— Avec plaisir !

Immédiatement, les deux jeunes femmes
partent chez les Fenimore. Celles-ci habitent une
petite maison dans un quartier ouvrier de la ville.
Si la bâtisse est plutôt délabrée, la petite cour ressemble à un véritable parterre de fleurs et la vigne
vierge recouvre presque entièrement la véranda
croulante. Le lieutenant de police et la jeune
détective s'engagent dans l'allée. Soudain,
Mme Masters attire l'attention d'Alice sur quatre
plants de rosiers disposés de chaque côté du perron.

— Ce sont les vôtres ? demande-t-elle.

— J'en ai bien l'impression, reconnaît Alice.
Mais, je vous assure que je ne veux pas attirer
d'ennuis à cette enfant...

Elle s'interrompt à la vue d'une petite fille en
robe jaune très abîmée, qui apparaît à l'angle de
la maison. Apercevant la jeune femme en uniforme, elle s'arrête net et fait mine de s'enfuir.

— N'aie pas peur, Roseline, dit Mme Masters avec douceur.

— Vous venez pour m'emmener ? demande la petite fille.

— Non. Pourtant, si tu ne te décides pas à être gentille, je vais être obligée de t'envoyer en pension.

— Je suis gentille ! proteste Roseline en faisant sauter ses boucles blondes, tout emmêlées. Vous n'avez qu'à demander à maman !

— Oui, je sais bien que tu peux être très gentille. Tu travailles bien et tu t'occupes de ta maman. Alors pourquoi est-ce que tu arraches des arbustes et des plantes qui ne sont pas à toi ?

Le regard désolé que Roseline pose sur les rosiers suffit à la trahir. Elle baisse la tête.

— Je suis sûre que tu ne veux pas être méchante, reprend la jeune femme. Alors, réponds-moi, pourquoi est-ce que tu voles des fleurs ?

— Parce qu'elles sont jolies, répond la petite avec une nuance de défi dans la voix. On ne peut jamais rien acheter de joli !

Et, se laissant tomber sur une marche du perron, elle se met à pleurer. Le lieutenant de police s'assied à côté d'elle pour la consoler. Elle finit par faire avouer à la petite fille qu'un garçon plus âgé qu'elle, un certain Jeddy Hooker, qui habite la maison voisine, l'a poussée à prendre les rosiers.

— Je ne sais pas pourquoi j'ai fait ça, bre-douille Roseline entre deux sanglots. Je voudrais tellement que tante Floriane revienne ! Si elle était là, on pourrait acheter tout ce qu'on vou-drait !

À voix basse, Mme Masters explique à Alice que cette fameuse tante Floriane, dont le vrai nom est Flossie Demott, a disparu depuis plusieurs années. Danseuse de talent, elle est partie se repo-ser sans dire à personne où elle allait, pour évi-ter toute publicité, et on ne l'a jamais revue.

— La petite ne l'a pas connue ; tout ce qu'elle sait, elle le tient de sa mère, ajoute la jeune femme. Vera Fenimore n'était pas encore mariée à l'époque et, depuis la mort de son mari, la pauvre femme est malade et n'a que de très maigres ressources. Si Floriane réapparaissait, elle pourrait sûrement aider sa sœur.

— Oui, approuve Alice. Vous pensez que la danseuse a disparu volontairement ?

— Venez à l'intérieur, Mme Fenimore vous racontera elle-même son histoire, propose Mme Masters.

Alice éprouve un choc en entrant dans le salon où les emmène Roseline. Sur un vieux canapé, une jeune femme au doux visage est étendue. Des rides de souffrance lui creusent le front. Mme Fenimore ne doit pas avoir plus de trente ans, mais elle en paraît près de cinquante.

— Enchantée de faire votre connaissance,

mademoiselle, murmure-t-elle. Excusez-moi de ne pas me lever, je suis malade...

— Ne bougez surtout pas. Je suis désolée que vous soyez souffrante, répond Alice. Vous préférez peut-être que je revienne un autre jour ?

— Non, non, restez !

— Si vous en avez la force, madame, dit le lieutenant de police, j'aimerais que vous racontiez à Mlle Roy comment votre sœur a disparu. Elle me demandait justement si Floriane s'était enfuie de son plein gré.

— Je ne pense pas, non. Ça ne lui ressemble pas. Flossie – c'est comme ça que je l'appelle, Floriane était son nom de scène – est partie en me disant qu'elle allait se reposer pendant un mois, et, depuis, je n'ai plus eu aucune nouvelle.

— Si tante Floriane revenait, on vivrait dans un beau château, l'interrompt Roseline. On aurait de belles fleurs et des belles choses. Tante Floriane serait riche !

Devant l'air surpris d'Alice, Vera Fenimore lui explique que sa sœur était fiancée à un homme d'affaires très riche, John Trabert. Trois ans après la disparition de Floriane, il est mort, lui laissant le château Trabert et tous ses biens.

— Malheureusement, je ne peux pas toucher l'héritage de ma sœur. M. Trabert a stipulé que, si Floriane ne réclamait pas la propriété dans un délai de cinq ans, c'est l'État qui en hériterait.

— Où se trouve le château ? questionne la jeune fille.

— À quelques kilomètres de la ville, tout près de l'embouchure de la Muskoka. Il y a quelques années, c'était une très belle propriété. Il y avait des fleurs et des étangs. Mais aujourd'hui, il paraît qu'elle est envahie par les mauvaises herbes et qu'elle tombe en ruine.

— Légalement, elle appartient toujours à votre sœur ? demande la jeune détective.

— Oui, pendant encore trois semaines. Après cette date, Flossie perdra tous ses droits.

— Avant sa mort, M. Trabert a tenté de retrouver Floriane, explique Mme Masters. Mais les détectives qu'il a engagés n'ont pas trouvé le moindre indice.

Alice devine que le lieutenant de police l'a emmenée ici pour l'intriguer et l'inciter à s'occuper de cette affaire. Comme pour confirmer ce soupçon, Mme Masters lui suggère d'aller visiter le château sans tarder.

Avant de se retirer, les deux visiteuses aident la petite fille à préparer le dîner. Pour ménager la malade, elles se gardent de faire allusion à la dernière incartade de Roseline.

Le lendemain, Alice raconte l'histoire à ses deux meilleures amies, Bess Taylor et Marion Webb.

— Qu'est-ce que tu attends pour aller faire un

22

tour au château Trabert ? s'écrie Marion avec son enthousiasme coutumier. Ne perdons pas de temps, en route !

— Tu crois que c'est bien prudent ? demande Bess, toujours plus timorée.

Alice réfléchit un instant en regardant ses amies. Marion et Bess sont cousines ; la première est aussi brune et intrépide que la seconde est blonde et coquette. La jeune détective se demande si elle doit les emmener dans cette aventure.

— Vous savez, ça ne sera pas forcément une partie de plaisir, les avertit-elle. La propriété est située à plusieurs kilomètres d'ici et elle ressemble plus à une jungle qu'à un jardin public. Le mieux serait d'y aller en bateau, en remontant la Muskoka.

— C'est d'accord, allons-y ! s'enthousiasme Marion.

— Je vous suis, décide Bess.

À peine vingt minutes plus tard, les trois jeunes filles louent un petit canot au quai Campbell. C'est une vieille embarcation au moteur poussif, dont le fond laisse passer de l'eau. Cependant, il progresse tant bien que mal à contre-courant.

— Heureusement qu'on sait nager, bougonne Bess. J'ai l'impression que cette barque va couler d'une minute à l'autre !

— Ne t'inquiète pas, tout ira bien, à condition que Marion n'oublie pas d'écoper ! la rassure Alice qui, d'une main experte, dirige l'embarcation.

Aux abords de la ville, le fleuve est large, mais il ne tarde pas à se rétrécir. Il serpente tellement qu'on ne peut aller vite.

— Que c'est joli par ici ! s'exclame Bess. Un peu trop désert peut-être...

Elle suit du regard les arbres touffus qui bordent les rives.

— Tu ferais mieux d'aider Marion à écoper plutôt que d'admirer le paysage, suggère Alice. Sinon, on est bonnes pour un bain glacé !

En effet, à l'avant du canot, l'eau entre lentement. Les deux cousines se mettent courageusement à l'œuvre. Elles sont si absorbées par leur tâche qu'elles ne voient plus rien d'autre.

— Écoutez ! s'exclame soudain Alice. Qu'est-ce que c'est ?

Bess et Marion n'ont rien entendu d'étrange, mais elles se redressent pour regarder autour d'elles.

— Une vedette ! conclut leur amie. On entend bien le bruit du moteur. C'est bizarre qu'on ne la voie pas...

— Attention ! crie à cet instant Bess d'une voix angoissée.

L'homme qui tient le volant de la vedette rapide n'a pas vu les jeunes filles. À toute vitesse, il fonce sur leur petit canot ! Désespérément, Alice tourne le volant. Mais, elle n'a pas le temps d'éviter la collision et, dans un grand fracas, les deux embarcations se heurtent !

chapitre 3

Un pilote peu aimable

Sans même prendre le temps de s'assurer que les trois jeunes filles n'ont rien, le pilote de la vedette vire de bord en hâte et disparaît aussitôt en aval.

— Hé ! attendez ! crie Marion, furieuse. Vous avez abîmé notre bateau. Alice, ne le laisse pas filer !

Mais un autre problème préoccupe la jeune fille. Au moment du choc, Bess a perdu l'équilibre et, en tombant à l'eau, sa tête a cogné le bord du canot ! Il n'y a pas une seconde à perdre ! Alice plonge aussitôt. Saisissant son amie sous les bras, elle regagne le bateau et, avec l'aide de Marion, hisse la pauvre Bess, inanimée, à l'intérieur.

— Est-ce que... ? murmure Marion d'une voix tremblante.

À ce moment, Bess ouvre les yeux et se met à tousser. Alice lui tape dans le dos pour l'aider à évacuer toute l'eau qu'elle a avalée.

— Ça va..., assure Bess entre deux hoquets. Le bateau...

Elle fixe un regard angoissé sur un trou béant dans le flanc du canot. Ses deux amies voient alors que l'eau remplit le fond à une allure inquiétante.

— Vite, Marion ! écope ! crie Alice.

Marion reprend la boîte de conserve qu'elle a utilisée tout à l'heure et s'empresse d'obéir. Alice se précipite à l'avant, froisse un journal, qu'elle a eu la bonne idée d'emporter, et colmate la brèche du mieux qu'elle peut. Apercevant dans un coin un sac en toile, elle le roule et l'ajoute au journal. Au bout d'un moment, enfin, le niveau de l'eau se stabilise.

— Ouf ! halète Marion en s'effondrant sur la banquette.

— Comment est-ce que tu te sens, Bess ? s'inquiète Alice.

— Pas trop mal, répond-elle, mais... j'aimerais bien rentrer à la maison.

— C'est ce qu'on va faire. On est trempées toutes les trois et je crois que ce bateau ne va pas rester longtemps à flot.

— Quand je pense qu'on a laissé s'échapper le pilote de la vedette, peste Marion. Si jamais je le retrouve... il verra de quel bois je me chauffe !

— Tu as eu le temps de bien le voir ? demande Alice.

— Euh, pas vraiment en fait... et toi ?

— Moi non plus. Pourtant, je suis sûre que, si je me retrouvais face à lui, je le reconnaîtrais. En tout cas, pour l'instant, notre souci, c'est de savoir comment le propriétaire va réagir en voyant dans quel état est son canot...

Les trois jeunes filles retournent donc au quai Campbell. Le loueur se montre conciliant.

— Ça ne vous coûtera pas plus de cinquante dollars, leur déclare-t-il. Je ferai la réparation moi-même.

— Je vous enverrai la somme dès que je serai chez moi, promet Alice.

— À votre place, j'essaierai de retrouver l'homme qui vous est rentré dedans pour l'obliger à vous rembourser. Il n'avait pas le droit d'emboutir le bateau et de se sauver sans même s'excuser !

La jeune fille remercie l'homme, mais, découragée par la tournure qu'a prise la promenade, elle ramène ses amies chez elles et rentre à la maison sans pousser plus loin son enquête.

Ce n'est que le lendemain qu'elle décide de se mettre à la recherche du pilote de la vedette. Elle décrit son bateau à différentes personnes, mais sans succès. Soudain, une idée lui traverse l'esprit.

— Je vais aller voir Méptit, annonce-t-elle à Sarah, et bavarder un peu avec lui.

Elle prend sa voiture et s'arrête chez Bess au passage. Les deux amies se dirigent ensuite vers le fleuve. En approchant du quai, elles remarquent un inconnu, brun, aux yeux très noirs, qui s'avance sur le ponton. Alice est frappée par sa ressemblance avec l'homme de la vedette. Elle s'arrête et lui demande de but en blanc si ce n'est pas lui qui les a violemment heurtées la veille avec son bateau.

— Non, ce n'est pas moi ! marmonne l'homme. Je n'ai même pas de bateau !

Et, jetant un regard glacial aux deux jeunes filles, il s'éloigne rapidement.

Cette rencontre déplaisante déçoit Alice, qui reste silencieuse durant la suite du trajet. Mais, quand elle descend de voiture devant ce qui sert de demeure au vieux marin, elle retrouve tout son entrain. Méptit habite un ancien yacht qui, malgré sa petite taille, a connu de beaux jours. Maintenant, ce n'est plus qu'une épave, brûlée par le soleil et pourrie par la pluie. Pourtant, un pavillon délavé flotte encore fièrement à l'arrière.

— Il y a quelqu'un ? appelle Alice.

— Entrez, entrez ! claironne la voix du vieux marin.

Il est assis dans la cabine, les pieds sur la table,

et mange un sandwich au jambon. À la vue des jeunes filles, il se lève, tout content de recevoir leur visite.

— Quel honneur, mes p'tites demoiselles ! dit-il, une lueur de joie dans ses yeux bleus. Mais, vous allez être déçues : pas le moindre coquillage aujourd'hui. J'ai été trop paresseux !

— On n'est pas venues vous acheter des mulettes, répond Alice en promenant un regard curieux autour d'elle.

C'est la première fois qu'elle entre dans le yacht. La cabine est petite et encombrée, mais d'une propreté méticuleuse. La couchette est soigneusement faite et, au-dessus, sur une étagère, des coquillages sont disposés avec goût.

— Je les collectionne, explique le vieux marin, qui a surpris le regard d'Alice. Ils viennent d'un peu partout, même du fin fond du Pacifique !

Avançant vers l'étagère, il touche du doigt une coquille à la forme étonnante.

— Celle-là, c'est la plus grosse de toutes les huîtres de rivière.

— Elle est magnifique ! s'exclament les deux amies.

Voyant que ses visiteuses semblent intéressées, le vieil homme leur montre des coquillages énormes, les uns en spirale, les autres minces et délicats, venant de l'Orient. Surprise d'une telle diversité, Alice lui demande si c'est au cours de ses voyages qu'il s'est procuré toutes ces espèces différentes.

— Oh, non ! dit en riant le pêcheur de mulettes. C'est M. Trabert qui me les a données.

À ce nom, la jeune détective sursaute.

— John Trabert ? s'empresse-t-elle de demander.

— Non. Paul... le père de John, répond Méptit. Il m'a offert ces coquillages à l'époque où il avait une fabrique de boutons de nacre, un peu plus haut, dans un bras de la rivière.

— Tiens, je ne savais pas qu'il y avait une usine de boutons dans le coin ! s'étonne Bess.

— Ça fait des années qu'elle est fermée, précise le vieil homme. Un jour, M. Trabert n'a plus trouvé assez de mulettes et il a dû abandonner. Plus de nacre, plus de boutons !

— Qu'est-ce qu'il est devenu après ça ? demande Alice.

— Il est retourné chez lui, en Angleterre, et il est mort là-bas. Son fils John a hérité du château et s'y est installé.

— C'est son père qui l'a fait construire ? s'intéresse Bess.

— Oui ! affirme le vieil homme. Il s'est inspiré d'un célèbre manoir anglais pour faire bâtir le château Trabert. Les jardins étaient magnifiques. Partout, des murets de pierre, des fleurs, des plantes grimpantes et toutes sortes d'arbres, venus du monde entier.

Après tous ces détails, Alice a encore plus hâte de visiter la fameuse propriété.

— L'usine est située à près de deux kilomètres du château, au bord de la rivière, continue le pêcheur. Mais depuis la mort de John Trabert, personne ne s'approche plus de la crique de la Harpe.

— La crique de la Harpe ? répète Alice. Pourtant, quelqu'un se promenait dans les parages pas plus tard qu'hier.

— C'est vrai, appuie Bess. On a vu une vedette arriver de là. Elle nous a même heurtées et m'a fait basculer par-dessus bord !

— Bizarre..., marmonne le vieil homme entre ses dents.

Alice lui raconte alors l'accident de la veille. Elle décrit le pilote au vieux marin, mais celui-ci ne voit pas qui cela peut être. Toutefois, il promet de se renseigner et de les prévenir si jamais il apprend quelque chose. Les jeunes filles le remercient et s'éloignent de l'originale maison flottante.

— Si on allait tout de suite jeter un coup d'œil au château Trabert ? propose Alice.

— Pas aujourd'hui, répond Bess. J'ai déjà quelque chose de prévu. Demain, si tu veux. Marion pourra peut-être venir avec nous.

Le rendez-vous étant pris, les deux amies se séparent. Quand Alice entre dans son jardin, une surprise l'attend : en son absence, les quatre rosiers ont été replantés ! Quelques feuilles flétries montrent qu'ils ont un peu souffert de leurs transplantations successives, mais le mal sera vite réparé.

« C'est sûrement Roseline qui les a rapportés ! se dit Alice. Sans ce Jeddy Hooker, elle ne les aurait jamais volés, j'en suis persuadée ! »

Alors qu'elle tasse avec soin la terre autour des pieds, son père arrive en voiture. Elle interrompt immédiatement son travail et court au garage accueillir M. Roy – un homme grand, beau, et très distingué.

— Bonsoir, ma chérie, lance-t-il avec un large sourire. Comment se porte ton jardin ?

— À merveille ! Mes quatre rosiers qui avaient disparu sont revenus.

Tous deux se dirigent vers la maison en bavardant gaiement. Alice raconte à son père, qui rentre d'un voyage d'affaires, les événements des deux derniers jours.

— Dis-moi, papa, tu as déjà entendu parler des Trabert ?

— Je les connais un peu de nom. Pendant des années, leur usine a très bien marché, puis ils ont été obligés de la fermer.

— Oui, je sais. Et pour ce qui est du château, tu sais qui a été chargé de gérer le domaine après la mort de John Trabert ?

— C'est Hector Karoja, je crois.

En un éclair, Alice revoit le client bourru de M. Morinex.

— Tu as déjà travaillé avec lui ?

— Oui, répond brièvement M. Roy, mais on ne peut pas dire que je l'apprécie beaucoup. Il a une façon d'interpréter la loi qui ne me plaît pas du tout. C'est un homme rusé, calculateur.

— À ton avis, pourquoi est-ce qu'il a laissé ce château tomber en ruine ?

— Je n'en ai pas la moindre idée.

— Tu crois qu'il a vraiment tout tenté pour retrouver Floriane ?

— Autant que je sache, oui. Pourquoi est-ce qu'il ne l'aurait pas fait ?

— Et elle, tu la connaissais ?

— Je l'avais vue danser plusieurs fois. Elle m'avait impressionné, répond M. Roy en souriant à ses souvenirs, surtout dans le ballet de *Cendrillon*. Je n'ai jamais compris pourquoi elle avait disparu alors qu'elle était au sommet de sa gloire.

— Elle n'a laissé aucun indice derrière elle, insiste la jeune fille.

— C'est une affaire étrange, dit M. Roy. Le pauvre John Trabert a été désespéré. Pourtant...

— Quoi ?

— En fait... je me suis souvent dit que c'est au château Trabert qu'il faut chercher la clef de l'énigme.

— J'ai la même intuition que toi ! s'exclame Alice avec jubilation. Et deux Roy ne peuvent pas

33

se tromper, n'est-ce pas ? Demain, je vais interroger ces vieux murs croulants. Ils me livreront
peut-être leur secret !

chapitre 4

Le chemin hanté

Le lendemain matin, Alice, Bess et Marion roulent en direction du château Trabert. Elles ont repéré sur une carte une petite route, sans doute peu fréquentée, qui permet d'accéder au domaine. Malgré les cahots et la poussière, Bess préfère cent fois cette randonnée en voiture à une nouvelle promenade en bateau.

— Pourvu qu'on ne crève pas, s'inquiète Alice en faisant un écart pour éviter une grosse pierre. On est encore loin du château ?

— On a déjà fait huit kilomètres, l'informe Marion, en jetant un coup d'œil au compteur kilométrique.

Un instant plus tard, Bess s'écrie :

— Il y a quelque chose là-bas !

Les jeunes filles entrevoient alors à travers les arbres un toit rouge à la pente très inclinée. Bientôt, la petite route se termine brusquement devant une grille, qui coupe un haut mur recouvert de vigne vierge.

— On y est ! annonce Bess. Il y a une plaque : *Château Trabert.*

— Oui, mais on va avoir un problème : la grille est fermée par une chaîne, observe Alice en coupant le contact.

— Comment on va entrer alors ? demande Bess.

— En passant par-dessus, tiens ! répond Marion en riant.

Les trois amies s'approchent et regardent d'un œil perplexe les pointes peu engageantes qui terminent les hautes barres rouillées.

— Il doit y avoir un moyen plus facile de s'introduire dans ce parc, dit Alice. Ça ne me dit rien d'escalader la grille.

Elle examine attentivement le mur de part et d'autre de la grille. Un peu plus loin, il est moins haut et offre de bonnes prises. En s'accrochant au lierre, les trois amies se hissent au sommet sans difficulté et sautent légèrement de l'autre côté. Elles se retrouvent alors dans un enchevêtrement d'arbres et de buissons.

Bess ne se sent pas très rassurée ; plus elles avancent, plus son inquiétude grandit. Sous l'épaisse voûte de feuilles et de branchages, l'air est humide et froid. À chaque instant, des bruits étranges la font sursauter.

— Écoutez ! ordonne-t-elle soudain. Qu'est-ce que c'est ?

Les deux autres entendent clairement un son, qu'elles n'arrivent pas à identifier tout de suite. Puis Alice éclate de rire.

— C'est un merle qui chante ! Allez, viens, tu vas finir par nous faire peur !

Peu après, la peureuse a une nouvelle cause de frayeur. Elle vient de plonger la tête dans une grande toile d'araignée et s'essuie la bouche d'un air dégoûté, quand quelque chose de poilu lui passe entre les jambes. Elle pousse un hurlement.

— Qu'est-ce qu'il se passe encore ? demande Alice en revenant sur ses pas.

Elle écarquille les yeux à la vue d'un énorme rat, qui se précipite sous les buissons.

— Il... il a essayé de me mordre, balbutie Bess. J'en ai marre de cet endroit. On rentre ?

— Rentre si tu veux, réplique son amie. Moi, je continue. Je suis de plus en plus intriguée. Je suis sûre qu'on va trouver la clef du mystère...

— On ne la trouvera pas, mais pour ce qui est des mystères, ce parc doit en être rempli ! rétorque Bess, furieuse.

— Regarde où tu mets les pieds et il ne t'arrivera rien, intervient Marion, un peu agacée.

Devant elles s'allonge une large allée de chênes. Les jeunes filles continuent à avancer alors que l'herbe leur monte presque à la taille. Bientôt, elles arrivent près d'une tonnelle. Des plantes grimpantes s'enroulent autour des arceaux. De chaque côté, trônent deux belles vasques de pierre, fissurées par le gel.

— Quel dommage que ce domaine soit aussi négligé ! remarque Alice en s'arrêtant une minute. Si Floriane revient un jour, elle ne reconnaîtra pas le parc.

Au bout de l'allée de chênes, se dresse une sorte de balcon en pierre, très abîmé. Quatre colonnes sculptées supportent une terrasse sur laquelle rampe la vigne vierge. Un escalier permet d'y accéder. Les trois amies montent à cet observatoire, d'où elles peuvent contempler les jardins et imaginer leur splendeur passée.

— En attendant, on n'a toujours pas trouvé le château, constate Alice en redescendant. On va prendre ce pont, là-bas, et suivre l'allée qui en part.

Aussitôt, les jeunes filles se dirigent vers le pont branlant. Il gémit sous leurs pas, mais tient bon.

— J'aimerais bien savoir où ça mène, murmure la détective en regardant l'allée pavée et glissante de mousse.

Sur un pilier en mauvais état, elle lit ces mots, gravés dans la pierre : *Chemin hanté*.

— Prenons un autre sentier ! s'écrie Bess en frissonnant. Ce parc est déjà assez lugubre comme ça, ce n'est pas la peine en plus de sympathiser avec des fantômes !

— Quelle froussarde, raille Marion en prenant fermement sa cousine par le bras. Ce n'est qu'un nom ! Et ce chemin va peut-être nous mener à quelque chose d'intéressant.

— C'est bien ce qui me fait peur, réplique Bess tout en se laissant entraîner.

— Moi, je trouve cette promenade très amusante, tente Alice pour la rassurer. Tout ici respire le mystère ! C'est...

Elle s'arrête net. Surprises, les deux autres lèvent vers elle un regard interrogateur. La jeune fille a les yeux fixés sur un arbre immense.

— Qu'est-ce qu'il y a ? demande Bess angoissée.

— Rien, rien.

Alice presse l'allure, soucieuse. Elle a cru voir des yeux humains, qui la regardaient à travers le feuillage. Puis ils ont étincelé et disparu. Contournant l'arbre, la jeune fille constate qu'il cache un pavillon entièrement recouvert de verdure. Le pavillon est vide, mais Alice remarque que la vigne vierge près de la porte d'entrée oscille, alors qu'il n'y a pas de vent. Elle se fige, comprenant soudain que quelqu'un les épiait bel et bien de là un moment plus tôt.

— Et cette fois, qu'est-ce que tu as vu ? chuchote Marion.

La meneuse du groupe décide de ne pas garder plus longtemps le secret. Dans un murmure, elle explique à ses amies que quelqu'un les surveillait depuis le pavillon.

— Je t'avais bien dit qu'il ne fallait pas prendre ce chemin, grommelle Bess. Il est hanté.

— Peut-être, mais par des êtres en chair et en os alors ! rétorque la jeune détective. J'aimerais bien savoir qui nous espionne, et pourquoi.

Toutes trois inspectent les alentours, mais ne trouvent aucune trace du mystérieux espion.

— Continuons, propose Alice. Je veux à tout prix trouver ce château.

Tout près du pavillon se dresse un mur de pierre. La jeune fille se dit que celui qui les observait l'a peut-être escaladé. Voulant s'en assurer, elle annonce à ses amies qu'elle va grimper en haut.

— Tu ne vas pas faire ça ! supplie Bess, à bout de nerfs. Après tout, on n'a aucun droit d'être ici !

Cependant, il est impossible de faire revenir Alice sur sa décision. Sous les regards inquiets de ses amies, elle commence son ascension. Les prises sont difficiles, car les vieilles pierres s'effritent sous ses doigts. À un moment, la grimpeuse glisse et manque tomber.

— Fais attention ! crie Bess. Tu as des rochers pointus sous toi et tu ne sais pas ce qui t'attend en haut du mur !

Elle ne se trompe pas. Alice court un grand danger. Malgré toute son agilité, ses bras la tirent et, sous ses mains, la pierre cède.

— Je n'en peux plus, halète-t-elle.

Marion s'apprête à lui répondre quand les mots se figent sur ses lèvres. Les yeux agrandis de terreur, Bess est incapable d'esquisser un geste.

Sur le haut du mur, un serpent dresse la tête. D'un instant à l'autre, il va enfoncer ses crochets dans la main d'Alice !

chapitre 5

De l'autre côté du mur

Alice n'a pas vu le serpent. Il faut intervenir, et vite ! Retrouvant enfin l'usage de la parole, Marion crie :

— Descends tout de suite !

La jeune fille lâche aussitôt prise et glisse à terre. Se relevant, elle interroge ses amies des yeux.

— Regarde ! articule avec peine Bess, qui se remet difficilement de sa frayeur.

Et elle tend le doigt vers l'énorme serpent. Alice ne peut retenir un frisson...

— Merci, Marion, je l'ai échappé belle ! Je crois que vous avez raison : il vaut mieux renoncer à escalader ce mur.

— Tu te décides enfin à m'écouter ! bougonne Bess.

Alice est déçue de quitter le domaine sans

avoir jeté un coup d'œil au château lui-même, mais, levant les yeux vers le ciel, elle distingue de gros nuages noirs.

— Allez, on rentre, ce n'est que partie remise.

Les trois jeunes filles reviennent sur leurs pas et franchissent le pont branlant. Mais, au-delà, elles sont incapables de se rappeler par où elles sont venues.

— Attendez, je vais grimper à cet arbre pour m'orienter, décrète Marion.

— Fais attention aux serpents ! rappelle Bess à sa cousine en lui faisant la courte échelle.

En quelques secondes, la jeune sportive a atteint les hautes branches et elle crie à ses amies :

— La rivière est toute proche, mais la voiture est à des kilomètres !

Elle saute à terre et leur indique la direction à suivre :

— On va couper par là.

— On ne va pas se perdre ? hésite Bess.

— Ne t'inquiète pas, je sais où je vais, affirme Marion.

Les trois amies reprennent donc leur expédition, foulant les hautes herbes, écartant les branches épineuses. La progression est difficile ; néanmoins, au bout de quelques centaines de mètres, la petite troupe atteint enfin un passage où l'herbe est piétinée.

— Vous voyez, je ne me suis pas trompée !

44

crie la guide toute joyeuse. On est tout près de la grille.

Effectivement, quelques minutes plus tard, les trois jeunes filles arrivent enfin au pied du mur d'enceinte, l'escaladent et montent en voiture juste au moment où les premières gouttes de pluie tombent.

— La prochaine fois, on mettra de vieux vêtements, suggère Alice à Bess et Marion en les déposant chez les Taylor.

— Et on emportera une trousse à pharmacie, des haches et quelques sandwichs ! ajoute Marion, ironique.

De retour chez elle, Alice se souvient tout à coup qu'elle a invité Mme Masters à dîner. Elle court prendre une douche et enfile à la hâte une petite robe noire aussi sobre que seyante. À dix-neuf heures trente, la jeune femme arrive, très élégante dans un tailleur bleu. Très vite, Alice comprend aux plaisanteries et aux éclats de rire de son père qu'il apprécie beaucoup leur invitée. Toutefois, vers le milieu du repas, la conversation prend un tour plus sérieux. L'avocat évoque plusieurs affaires célèbres. Puis sa fille parle des Fenimore, de Floriane et du château Trabert.

— Je me doutais bien que cette mystérieuse propriété vous intriguerait, dit le lieutenant de police avec un sourire amusé. Vous avez eu le temps de jeter un œil au testament Trabert ?

— Non, avoue la jeune fille. Pour l'instant,

j'ai limité mon enquête au domaine Trabert. On pourrait aller le consulter ensemble, si vous voulez.

Mme Masters accepte volontiers. Elle donne rendez-vous à Alice au tribunal le lendemain matin à dix heures.

Grâce à son père, Alice connaît bien le jargon juridique. Aussi, lorsqu'elle se retrouve devant le testament, elle n'a aucune peine à le déchiffrer. John Trabert a légué tous ses biens à Flossie Demott, plus connue sous le nom de Floriane. Si celle-ci ne réclame pas le domaine dans un délai de cinq ans après la mort de John Trabert, la propriété sera transformée en jardin public. Toutefois, une clause du testament retient l'attention de la détective :

Je crois et j'espère que Floriane est vivante et réclamera son héritage dans le délai fixé. Il lui sera facile de prouver son identité, d'une manière connue d'elle seule. Ainsi, le risque de voir un imposteur réclamer le domaine à sa place se trouvera écarté.

— Qu'est-ce que ça veut dire ? demande la jeune fille en montrant le passage à Mme Masters, qui paraît déconcertée elle aussi.

— Je n'en ai pas la moindre idée, reconnaît-elle.

Ensemble, elles relisent le document, mais rien

n'indique quel moyen permettra à Floriane de prouver son identité de façon indiscutable. Se disant que la sœur de la danseuse pourra peut-être les éclairer sur ce point, les deux jeunes femmes se rendent chez elle.

Assise sur la véranda, les traits tirés, la malade essaie de coudre.

— Bonjour, dit-elle d'une voix fatiguée à ses visiteuses.

Et, levant un regard inquiet sur le lieutenant de police, elle lui demande :

— J'espère que Roseline n'a pas encore fait de bêtise...

— Non, ne vous inquiétez pas. Votre petite fille est sage comme une image en ce moment. Nous sommes venues vous poser quelques questions au sujet de Floriane.

La jeune femme, rassurée, se détend un peu.

— Je vais vous répondre de mon mieux. Moi, ça fait bien longtemps que j'ai laissé tomber tout espoir de la retrouver !

— Vous croyez que votre sœur est décédée ? demande Alice avec autant de délicatesse que possible.

— Oh ! non, je suis persuadée qu'elle est vivante ! s'écrie Mme Fenimore. Sinon, j'aurais été prévenue d'une manière ou d'une autre.

— Vous pouvez nous parler un peu de votre sœur ? l'invite Mme Masters. Elle était plus jeune que vous ?

— Non, Flossie avait sept ans de plus que moi. On était très jeunes quand nos parents sont morts et c'est une parente qui nous a élevées. Tante Mathilda était sévère ; je ne faisais pas attention à ses reproches, mais Flossie avait beaucoup de caractère et elle ne les supportait pas. Elle prenait des leçons de danse en cachette. Notre tante l'a appris et elle a voulu la punir. Alors Flossie a quitté la maison et elle n'est jamais revenue. Pendant plusieurs années, elle a dansé à droite, à gauche, selon les engagements qu'elle obtenait, et elle passait tout son temps libre à s'exercer. C'est à cette époque qu'elle a choisi le pseudonyme de Floriane.

— Quand elle est devenue célèbre, vous avez continué à la voir ? l'interrompt Mme Masters.

— De temps en temps seulement. Mais, elle m'écrivait toutes les semaines.

— Vous n'avez aucune idée de ce qui a poussé votre sœur à partir ? continue Alice.

— Elle avait besoin de se reposer. C'est tout ce que je sais. Flossie ne parlait jamais de ses affaires personnelles.

— Vous pensez qu'il a pu y avoir un problème entre elle et John Trabert ? suggère la jeune détective. Quelque chose d'assez grave pour qu'elle veuille disparaître ?

Mme Fenimore secoue la tête.

— Floriane ne m'a jamais parlé de rien. Ils s'entendaient très bien, vous savez. J'ai été telle-

48

ment heureuse quand j'ai appris qu'ils allaient se fiancer ! Je suis sûre que John Trabert n'a rien à voir avec la disparition de ma sœur.

Alice demande alors à Vera Fenimore si elle sait ce que signifie le passage du testament qui l'a intriguée.

— Je me suis souvent posé la question, dit la malade, mais sans jamais trouver de réponse.

— Vous pensez qu'Hector Karoja sait de quoi il s'agit ?

Le visage de Mme Fenimore s'assombrit.

— Si vous pouviez éviter de prononcer son nom devant moi ! s'emporte-t-elle. Je n'ai aucune confiance en lui. Il a toujours été convaincu que Floriane était morte et il l'a à peine cherchée. Et maintenant, il n'essaie même plus...

La pauvre femme s'affaisse dans son fauteuil. Alice et le lieutenant de police se précipitent pour l'empêcher de glisser à terre. Elle perd connaissance.

Mme Masters étend aussitôt la malade sur le sol et la secoue légèrement en lui parlant avec douceur. Quelques instants après, Vera Fenimore revient à elle.

— Je suis désolée, murmure-t-elle, tandis que les deux visiteuses l'aident à s'installer sur le canapé du salon.

— On reprendra cette conversation plus tard, propose Alice. Je reviendrai.

— Non, s'il vous plaît, insiste Mme Fenimore,

ça me fait du bien de parler. Vous pensez pouvoir retrouver ma sœur ? Il reste si peu de temps... Je me moque bien de l'argent de Flossie, mais Roseline a tant besoin que sa tante s'occupe d'elle. Mademoiselle Roy, est-ce que vous voulez bien nous aider ?

La voix de la jeune femme s'est faite implorante.

— J'ai peur que ce soit au-dessus de mes compétences.

— Oh ! non. J'ai beaucoup entendu parler de vous. Si quelqu'un peut retrouver ma sœur, c'est vous.

— Je ne sais vraiment pas quoi répondre, hésite Alice en jetant un regard au lieutenant de police.

— Pourquoi ne pas dire tout simplement oui ? réplique celle-ci avec un sourire. En vous dépêchant, vous pourrez peut-être ramener Floriane à temps pour sauver le château Trabert !

chapitre 6

Navigation fluviale

Alice promet à Mme Fenimore qu'elle fera tout son possible pour lui rendre sa sœur. Pourtant, en elle-même, elle doute de pouvoir le faire avant la date fatidique.

— Est-ce que vous avez une photo de votre sœur ? demande-t-elle.

— Oui, j'en ai même plusieurs. Elles sont dans le tiroir de cette table.

Il y en a six, prises à l'époque où la danseuse était au sommet de sa carrière. Plusieurs portent une dédicace. Alice prend note de la délicatesse de l'écriture de Floriane et admire les traits réguliers, les admirables yeux noirs, la douceur de son visage.

— Votre sœur est ravissante ! s'exclame Alice. Roseline lui ressemble...

— Oui. Et elle a aussi sa vivacité : c'est déjà une actrice en herbe. Peut-être qu'un jour...

Le regard de la malade se perd au loin et Alice craint qu'elle ne se sente de nouveau mal. Mais Mme Fenimore se ressaisit. Redoutant que cet entretien n'ait bouleversé la jeune femme, Mme Masters déclare toutefois qu'il est temps de partir. Une fois dans la rue, elle propose à sa jeune compagne de la reconduire chez elle. Alice la remercie, déclarant qu'une petite promenade lui éclaircira les idées.

— N'hésitez surtout pas à faire appel à moi si vous en avez besoin, lui lance le lieutenant de police en la quittant.

La jeune détective se met en route sans se presser. En passant près d'un terrain vague, elle aperçoit Roseline, qui joue avec un garçon plus âgé. Ils s'amusent à lancer une balle à un petit chien pour qu'il la rapporte.

« Ça doit être ce fameux Jeddy Hooker », se dit Alice.

Soudain, pris de colère, le jeune garçon frappe l'animal avec un bâton.

— Sale cabot ! crie-t-il. Ça t'apprendra à mordiller ma balle !

Alice intervient aussitôt :

— Arrête ça tout de suite ! ordonne-t-elle à la jeune brute. Tu n'as pas honte de traiter un chien comme ça ? Il n'a pas abîmé ta balle. Il ne faisait que jouer avec.

Le jeune garçon, dont les vêtements sont sales

et abîmés, lève vers elle des yeux durs, imperti-
nents.

— C'est le vôtre de chien ? siffle-t-il avec
arrogance.

— Non.

— Alors, ça ne vous regarde pas si je le
frappe ! Et je continuerai si ça me plaît. Vous
n'avez rien à dire !

Alice s'apprête à répliquer froidement, mais
déjà le gamin tourne les talons et s'éloigne. Prenant Roseline par la main, la jeune fille l'emmène
avec elle. Avec autant de tact que possible, elle
conseille à la petite fille de choisir un autre compagnon de jeux.

— Jeddy est mon voisin, répond-elle en sau-
tillant gaiement à côté de sa nouvelle amie. Je
n'aime pas quand il est aussi méchant que tout à
l'heure, mais d'habitude il est drôle, il a toujours
des idées amusantes.

— Pourquoi est-ce que tu n'es pas rentrée tout
de suite chez toi après l'école ? demande la jeune
fille. Ta mère t'attend.

Roseline baisse la tête.

— Il n'y a rien de bon à manger chez nous...

Comme elles passent à ce moment devant une
épicerie, Alice y entre, achète du riz, du jambon,
un peu de beurre, une bouteille de lait et dit à
l'enfant de les emporter chez elle.

— Oh ! merci ! mademoiselle, murmure l'enfant rayonnante. Et... et je vous promets de ne plus jouer avec Jeddy, si ça vous ennuie.

— C'est bien.

— Dites ? Vous allez retrouver ma tante ?

— Je vais essayer, promet Alice.

Et elle s'éloigne dans la direction opposée à celle de la petite fille. Mais jusqu'au tournant, elles continuent toutes les deux à se retourner et à s'adresser de petits signes amicaux

« Je vais passer chez Méptit, se dit soudain la jeune fille. C'est tout près d'ici. J'aimerais savoir s'il a retrouvé le goujat qui a jeté Bess à l'eau. »

Quelques minutes plus tard, elle arrive en vue de l'ancien yacht. Le vieil homme est sur la rive, très occupé à réparer son canot.

— Bonjour, ma petite ! lance-t-il. Je suis bien content de vous voir, mais je n'ai pas de bonnes nouvelles pour vous.

— Au sujet de la vedette ?

— J'ai cherché partout. Pas la moindre trace d'éraflure sur une vedette bleu et blanc. Elle n'est plus amarrée dans les parages.

— Et dans le bras de la rivière ? hasarde Alice.

Le vieil homme reconnaît ne pas avoir poussé jusque-là sa reconnaissance.

— J'ai eu trop de choses à faire, explique-t-il. Mais je vais par là cet après-midi. Il me faut des palourdes et il y en souvent dans le coin. Vous voulez venir avec moi ? Je vous montrerai en passant la fabrique Trabert, si ça vous dit.

— C'est d'accord ! On part à quelle heure ? demande Alice sans hésiter un instant. Je viendrai avec une amie.

— À trois heures, répond le vieux marin.

La jeune fille se dépêche de regagner sa maison et, après avoir pris un rapide déjeuner, elle téléphone à Marion. À trois heures précises, les deux amies retrouvent Méptit sur la rive.

— Faut pas croire que vous n'allez pas travailler ! les prévient-il en riant de bon cœur.

Et, ramassant son équipement de pêche, il leur demande de l'aider à le charger dans le canot. Peu après, tous trois glissent sur les eaux paisibles de la Muskoka, à bonne allure, car le vieux marin a des muscles d'acier. Bientôt, le canot s'engage dans un petit affluent.

— La vieille fabrique est tout près ; on va s'arrêter, annonce le vieux marin après avoir ramé à contre-courant pendant quatre cents mètres.

Il vient de repérer un banc de palourdes. Il prie les jeunes filles de tenir son panier de jonc tressé par-dessus bord et, pataugeant dans la vase et le sable, il se met à l'œuvre. Au fur et à mesure qu'il pêche, il lance les coquillages. Les jeunes filles attrapent au vol ceux qui ne retombent pas dans le panier. Tout en travaillant, Méptit chante des couplets de marin.

— Le panier est plein, annonce Alice au bout de quelques minutes.

Comme Marion attrape la dernière palourde,

elle la garde dans la main afin de l'examiner. La coquille paraît différente des autres. Soudain, la jeune fille ouvre de grands yeux : une vilaine tache violette lui marque les doigts. Baissant les yeux, elle voit que sa robe est couverte de petits points de la même couleur.

— Qu'est-ce qui s'est passé ? s'exclame-t-elle, désolée.

Dégoulinant d'eau, le vieil homme remonte dans le canot. Il paraît surpris à la vue des mains de Marion.

— C'est une teinture, explique-t-il. Ça vient du pourpre que vous tenez.

— Ah ! c'est un pourpre, ça ? s'étonne Alice.

— Oui. Et c'est le corps de l'animal qui produit la teinture violette, pas la coquille.

— C'est une vraie teinture alors ? demande Alice, très impressionnée.

— Une des meilleures qu'on puisse trouver ! Ça fait des siècles qu'on se sert des pourpres pour les teintures. Mais la chair du mollusque se mange aussi.

— En tout cas, ce n'est pas moi qui en mangerai, décrète Marion en faisant une grimace de dégoût.

En vain, elle essaie d'enlever les taches sur ses mains.

— Comment on fait pour extraire la teinture ? demande-t-elle avec intérêt.

— Rien de plus facile ! On casse les coquilles

et on en retire les petits mollusques. Puis on les laisse tremper quelques jours dans de l'eau salée, ensuite on les met à bouillir dans une marmite en plomb jusqu'à ce qu'on obtienne une eau vert pâle.

— Vert ?

— Oui ! Le liquide est vert, mais quand on y plonge le tissu, il en sort pourpre, comme vos mains.

— Je préfère m'acheter des vêtements déjà teints, déclare Marion. Est-ce que quelqu'un se sert des pourpres qu'on trouve ici ?

— Pas que je sache, répond le vieux marin. Il n'y en a pas assez. Mais il paraît que M. John était à la recherche d'une teinture et qu'il faisait des expériences dans son château.

Méptit reprend ses rames. À un coude de la rivière, un vaste bâtiment carré se dresse un peu en arrière de la rive jonchée de coquilles de palourdes et d'huîtres.

— Et voilà la fabrique de boutons, dit le marin en désignant le bâtiment. Je crois qu'elle est encore plus en ruine que la dernière fois que je l'ai vue.

Alice promène un regard curieux sur la grande bâtisse laissée à l'abandon. La vigne vierge recouvre le toit d'une couche épaisse et presque toutes les vitres des fenêtres sont brisées. La jeune fille ne s'attendait pas vraiment à trouver quelqu'un dans cet endroit désert, aussi est-elle très surprise d'apercevoir des silhouettes près de l'entrée de la fabrique. Deux hommes se profilent un instant sur le seuil de la porte, puis disparaissent. Avant que la jeune fille ait pu attirer l'attention du vieux marin, celui-ci pousse une exclamation en tendant la main vers quelque chose de caché dans les buissons tout proches.

— Regardez, il y a un bateau !

L'avant a été tiré sur le sable. Les deux amies reconnaissent aussitôt la vedette bleu et blanc qui les a heurtées.

— Méptit, on va s'arrêter ici, décide Alice.

— C'est le bateau que vous cherchiez ? lance le vieux marin en levant les avirons.

Sans répondre, la jeune fille saute par-dessus bord et, de l'eau jusqu'aux genoux, s'avance vers la rive. Ne voulant pas rester en arrière, Marion lui emboîte le pas.

— Hé ! s'écrie le vieux marin, où est-ce que vous allez comme ça ! ?

Alice revient un peu en arrière et explique au vieux pêcheur qu'elle vient de voir deux hommes entrer dans l'usine. Sans doute, les propriétaires de la vedette.

— Hum ! marmonne le marin. Je vous parie un kilo de palourdes qu'ils n'ont pas le droit de rôder par ici.

— J'aimerais leur parler. Méptit, vous pouvez rester ici pour monter la garde à côté de la vedette ? Si ces hommes passent près de vous, essayez de les retenir jusqu'à ce qu'on revienne.

Le vieux marin n'est pas très enthousiaste à cette idée, mais quand il veut protester, les deux jeunes filles sont déjà loin.

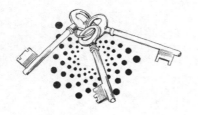

chapitre 7

Une mystérieuse explosion

Alice et Marion sont obligées de traverser une partie de terrain marécageuse pour atteindre la vieille fabrique de boutons. Puis elles s'engagent dans de hautes herbes, qui leur blessent les jambes mais qui ont l'avantage d'amortir le bruit de leurs pas.

— Je suis sûre que les deux hommes sont encore dans le bâtiment, explique tout bas la détective à son amie. Il y en a un dont la silhouette me rappelle l'homme de la vedette.

— Et l'autre ?

— Je l'ai à peine aperçu, répond Alice.

Lorsqu'elles arrivent à une vingtaine de mètres de la fabrique, elles entendent des coups de marteau. Le bruit vient de l'intérieur. Prudemment, Alice écarte les hautes tiges.

— Qu'est-ce qu'ils peuvent bien faire ? reprend-elle.

— C'est peut-être des ouvriers qui remettent les lieux en état, suggère Marion.

— Ça m'étonnerait..., dit Alice, songeuse.

Comme les jeunes filles s'approchent, le martèlement cesse. Elles attendent quelques minutes ; toutefois, le bruit ne reprend pas. Les deux amies franchissent alors les derniers mètres de broussailles et s'avancent jusqu'à la porte d'entrée, grande ouverte. Elles jettent un coup d'œil à l'intérieur. Un long couloir dessert plusieurs bureaux et conduit à un vaste atelier situé tout au fond. Il n'y a personne en vue. Quand Alice et Marion s'engagent dans le couloir, elles perçoivent des bruits de voix. Alice se concentre pour entendre :

— Il va être content, Karoja, quand il verra le résultat !

— J'espère bien ! Faut dire qu'il est pénible le patron..., croit-elle entendre.

Puis les voix s'éloignent et elle ne distingue plus rien. Tout à coup, par une fenêtre, les jeunes filles voient deux hommes courir en direction de la rivière.

— Alice ! s'écrie Marion. Ils s'enfuient ! Ils nous ont sûrement entendues !

— Ils vont droit à la vedette !

Les hautes herbes dissimulent déjà les deux hommes. Les deux jeunes filles s'apprêtent à les suivre quand, tout à coup, une série de détonations assourdissantes déchire l'air. Les murs de la fabrique tremblent, du plâtre tombe.

— Vite, il faut sortir ! crie Marion.

Elle fait un bond en arrière, juste à temps pour éviter une grosse poutre, qui s'écrase sur le sol. Une planche la heurte au front, l'étourdissant légèrement.

— Alice ! appelle-t-elle d'une voix faible. Alice !

Pas de réponse. À son grand effroi, la pauvre Marion constate qu'un énorme tas de gravats la sépare de son amie. Un mur du couloir s'est effondré. La jeune détective est certainement enterrée dessous !

— Alice ! hurle de nouveau Marion tout en se remettant debout, non sans peine.

Une épaisse poussière blanchâtre emplit la pièce. Toussant, Marion se met à retirer planches et morceaux de plâtre.

Pendant ce temps, les deux inconnus se sont arrêtés au milieu des herbes et contemplent de loin les dégâts causés à la fabrique. Soudain, ils entendent un bruit de pas précipités. Inquiet à cause du bruit provoqué par l'explosion, le vieux marin accourt, avec à la main la bêche qui lui sert à pêcher les palourdes. Il passe à quelques mètres des hommes sans les voir.

— Bon sang ! marmonne-t-il sans fin. Pourvu qu'il ne leur soit rien arrivé, à ces p'tites !

Enfin, il arrive à la fabrique et aperçoit Marion remuant fébrilement les gravats. Son air angoissé l'inquiète.

— Méptit ! appelle-t-elle. Je n'arrive pas à trouver Alice ! Je crois qu'elle est enterrée sous les décombres !

Sans dire un mot, le vieil homme se met immédiatement à ratisser avec vigueur les débris qui obstruent le couloir.

Pendant ce temps, Alice est étendue, assommée, sur le plancher, tout près de l'endroit où Marion et le vieux pêcheur s'affairent. Le souffle de l'explosion a précipité la jeune fille dans une sorte d'entrepôt. La porte a claqué et, en tombant, le plafond a bloqué l'entrée. Reprenant lentement conscience, la détective constate qu'elle est plongée dans le noir complet. Peu à peu, elle se relève et, à tâtons, cherche à reconnaître les lieux. Enfin, elle rencontre sous ses doigts la porte et veut l'ouvrir. Le battant résiste.

« Qu'est-ce qu'il se passe ? Je ne comprends rien, se lamente la jeune fille encore étourdie. Où est Marion ? »

Petit à petit, ses idées s'éclaircissent et, enfin, elle entend qu'on l'appelle. Le son lui paraît venir de très loin. Est-ce la voix de son amie ?

Rassemblant ses forces, Alice se jette contre la porte, qui cède légèrement.

— Marion ! crie la jeune fille à travers la fente.

— Alice ! où es-tu ? lui répond une voix assourdie.

Marion est saine et sauve ! Cette pensée rassure Alice. Elle donne un grand coup à la porte, qui s'entrouvre cette fois de quelques centimètres.

— Je suis ici ! hurle-t-elle de nouveau.

Le vieux marin et Marion enjambent les débris. À l'aide de la bêche, ils écartent le plus de gravats possible et parviennent à aménager une ouverture suffisamment grande pour laisser passer Alice.

— Ouf ! s'exclame Méptit, vous êtes vivante !

Marion serre son amie dans ses bras.

— Si tu savais comme j'ai eu peur ! gémit-elle. Pourquoi est-ce que tu n'as pas répondu quand je t'ai appelée tout à l'heure ?

— Je ne t'ai pas entendue.

— Vous étiez évanouie ? demande le marin en regardant attentivement la jeune fille, afin de s'assurer qu'elle n'a aucun mal.

— Oui. Mais ne vous en faites pas. Tout va bien maintenant...

Tout à coup, elle se souvient des deux étrangers qui se sont enfuis du bâtiment.

— Où sont les deux hommes ?

Dans son agitation, Marion les a oubliés.

— Vous ne les avez pas croisés, Meptit ? demande-t-elle.

— Non, je n'ai pas vu âme qui vive !

Alice, Marion et le pêcheur se précipitent hors de la fabrique et s'enfoncent aussitôt dans les joncs qui dissimulent le marécage. Quand ils parviennent au bord de l'eau, ils constatent que la vedette n'est plus là.

— Ces bandits ont filé comme des lapins, maugrée le vieux marin avec une grimace de mépris.

— Et on ne sait pas pourquoi il y a eu cette explosion, fait remarquer Marion.

Alice hausse les épaules. Pour l'instant, elle préfère garder sa théorie pour elle. Pourtant, une vague idée vient de lui traverser l'esprit. Elle est persuadée d'avoir entendu un des hommes prononcer le nom d'Hector Karoja. Il faut dire que les actes de l'avocat lui paraissent de plus en plus suspects. Mme Fenimore a clairement laissé entendre que les scrupules ne l'étouffent pas. Et il est évident qu'en laissant à l'abandon les jardins et l'usine il n'a pas rempli ses devoirs d'exécuteur testamentaire. Les faits ne parlent vraiment pas en faveur du personnage.

« Mais pourquoi voudrait-il faire détruire la fabrique ? » se demande Alice.

Durant le trajet du retour, le vieux marin et les deux jeunes filles gardent l'œil ouvert dans l'espoir de repérer la vedette bleu et blanc. En vain.

— Si vous voulez, on pourra repartir faire un tour, un autre après-midi, propose le pêcheur comme elles débarquent au quai Campbell.

Alice le remercie et rentre chez elle, impatiente de discuter avec son père de ces derniers incidents. Aussitôt après le dîner, dans la bibliothèque, elle lui expose pendant une bonne demi-heure ses théories concernant ce nouveau mystère.

— Je ne te suis pas, dit M. Roy. Pourquoi est-ce que Karoja s'amuserait à endommager une propriété qui lui a été confiée ? Ce n'est pas logique.

— Et moi, je suis persuadée que quelqu'un essaie de profiter de la disparition de Floriane. Tu avoueras que l'explosion d'aujourd'hui à la fabrique n'est pas normale.

— C'est sûr, concède l'avocat.

— Je me demande si les deux hommes qui rôdaient dans la propriété ne cherchaient pas le fameux signe de reconnaissance que John Trabert mentionne dans son testament, reprend Alice.

— Tu veux parler de celui qui permettrait à Floriane de se faire reconnaître ?

— Oui. Si un escroc découvre cet indice, il pourra facilement envoyer une femme qui ressemble plus ou moins à Floriane réclamer cette fortune, non ?

— Ce n'est pas si simple. Floriane était très connue.

— Tu as raison. Pourtant, il suffit que cette personne reçoive l'approbation d'Hector Karoja et du tribunal, et le tour sera joué.

Alice pose un long regard sur son père.

— Si Karoja est malhonnête, il pourrait en profiter...

M. Roy s'agite sur sa chaise, visiblement gêné par cette remarque.

— Alice, l'idée qu'un de mes confrères soit capable de se laisser acheter ne me plaît pas du tout, si c'est ce que tu veux dire. Tu connais mon opinion sur lui. Je n'apprécie pas ses méthodes, mais rien ne prouve qu'il ait jamais fait quoi que ce soit de malhonnête.

— Tu admets quand même que cette affaire Trabert est étrange ? insiste la jeune fille.

— Oui, bien sûr. Et je pense que tu as raison de rechercher Floriane. Pour le reste, je préférerais que tu ne t'en mêles pas.

— J'ai beaucoup réfléchi à la question. Et maintenant, je ne sais pas par où commencer mon enquête. L'explosion d'aujourd'hui a changé mes projets.

— Qu'est-ce que tu veux dire ?

— J'ai appris que John Trabert se livrait à des expériences au château et sans doute à la fabrique. Il y a peut-être un secret qui se cache dans ces murs croulants...

— Toi, tu as une idée derrière la tête, la coupe l'avocat avec un sourire malicieux. Vas-y, je t'écoute.

— Tu sais, j'essayais juste d'éveiller ton attention, confesse la jeune fille en riant de bon cœur. Pourquoi est-ce que tu ne viendrais pas faire un tour à la fabrique avec moi ? Tu trouverais peut-être un indice qui m'a échappé.

— C'est ça ! Et par la même occasion, je me ferais déchiqueter par une nouvelle explosion. Merci !

— J'ai besoin de ton aide, murmure Alice de sa voix la plus cajoleuse.

— Si tu me prends par les sentiments, ce n'est même pas la peine que je résiste, cède M. Roy. En ce moment, je n'ai pas vraiment le temps, mais si ça peut te faire plaisir...

— On dit demain matin, alors ?

— Demain ?

— Il n'y a pas de temps à perdre ! Tu sais bien que ce mystère doit être élucidé dans moins de trois semaines.

chapitre 8

Entrée interdite

Le lendemain matin, Alice et son père se lèvent tôt. Ils déjeunent en vitesse et partent en direction de la vieille fabrique. La dernière partie du parcours est difficile, car la route est en très mauvais état.

— Je comprends pourquoi tes inconnus ont préféré venir par la rivière, remarque M. Roy en arrêtant la voiture à quelque distance de l'usine. Ce chemin est terrible pour les pneus. On va continuer à pied.

À travers l'herbe humide de rosée, Alice guide son père jusqu'à l'endroit de l'explosion. On n'entend pas un bruit, à l'exception du cri plaintif d'une poule d'eau, qui s'envole du marécage dans un grand battement d'ailes.

— Les deux hommes que tu as surpris ont fait un joli travail de destruction, commente l'avocat en pénétrant dans le bâtiment.

— Voilà le mur qui s'est écroulé entre Marion et moi, explique la jeune fille en donnant un coup de pied dans le tas de débris.

— Je crois qu'il a été dynamité, affirme M. Roy après avoir longuement examiné les plâtres. On doit pouvoir trouver des traces quelque part.

Pendant une demi-heure, le père et la fille fouillent parmi les décombres. Après avoir inspecté le couloir, ils décident d'aller faire un tour dans le grand atelier du fond. Pour cela, ils sont obligés de sortir en enjambant l'appui d'une fenêtre, car la porte donnant sur le couloir est bloquée.

— On dirait une usine fantôme, murmure Alice en promenant un regard étonné sur les machines rouillées et les couches de poussière qui recouvrent les établis. C'est difficile d'imaginer qu'il n'y a pas si longtemps, c'était une affaire prospère.

— On ne peut pas dire que Karoja ait bien fait entretenir les lieux, observe M. Roy. En tout cas, je crois qu'on n'apprendra pas grand-chose ici, Alice, ni sur les boutons ni sur le mystère de la fabrique. Il vaut mieux partir.

Amèrement déçue, la jeune fille consent à quitter les lieux. Alors qu'elle jette un dernier regard en arrière, elle aperçoit quelque chose.

— Regarde, papa ! s'écrie-t-elle.

Dépassant d'un tas de débris au seuil de la

porte, il y a un morceau de papier déchiré, et, sur le sol, des empreintes de pas. Alice bondit et ramasse le papier. Un simple coup d'œil lui suffit pour comprendre qu'il est sans doute d'une grande importance. On peut y lire quelques mots, tracés d'une écriture masculine :

*Chère C
Un jour
cret que
dans un mur
célèbre.
digne de toi.
ma tendresse.*

Alice tend sa découverte à son père.

— Intéressant..., dit-il après avoir examiné le papier, mais pas très clair. Les empreintes nous en apprendront peut-être un peu plus.

Il se baisse pour les examiner de près.

— Elles sont fraîches. De toute évidence, les deux hommes sont revenus ici après l'explosion.

— Ce qui prouve qu'ils cherchent bien quelque chose, conclut Alice.

— Tu as peut-être raison. Mais ça n'a rien à voir avec Floriane.

— Possible, soupire la jeune fille, pas totalement convaincue.

Elle scrute le morceau de papier qu'elle tient à la main.

— En tout cas, je crois que je suis tombée sur un précieux indice, murmure-t-elle lentement. À l'évidence, l'un des mots est « secret ».

Elle glisse dans sa poche le mystérieux message, puis suit son père, qui a un rendez-vous. De retour chez elle, Alice passe plus d'une heure à essayer de reconstituer le message. Le papier est jauni, l'encre a pâli.

— Je parie que c'est John Trabert qui a écrit ce mot, affirme-t-elle à Sarah. L'ennui, c'est que je n'ai aucun moyen de le prouver.

— J'ai une idée, répond Sarah, à la grande surprise d'Alice.

— Oui ?

— Eh bien, voilà : John Trabert était membre de la Société historique de River City. Ils ont certainement un échantillon de son écriture dans leurs archives.

— Sarah, tu es un génie ! s'exclame la jeune fille en l'embrassant. Je cours tout de suite au siège de la société !

La chance la favorise. Parmi les nombreux livres que l'industriel a offert au musée, elle trouve non pas un, mais plusieurs spécimens de son écriture.

« C'est exactement la même que celle du message, remarque Alice, très agitée, après avoir comparé les lettres. Si seulement je pouvais rétablir le texte dans son intégralité ! »

Malgré cet indice, le mystère du château Trabert reste pour l'instant entier. La jeune détective est impatiente de retourner dans le domaine abandonné, mais ses amies ne sont pas libres avant le lendemain.

« Je n'ai pas trop envie d'y aller seule... Ah ! Je sais ce que je vais faire, décide-t-elle : je vais survoler la propriété en avion. »

Depuis quelque temps, en effet, la jeune fille prend des leçons de pilotage. Elle téléphone à son moniteur et, peu après, le rejoint au terrain d'aviation.

— Je me demandais ce que vous deveniez ! s'exclame le jeune homme tandis qu'elle s'installe aux commandes. Encore occupée à élucider un nouveau mystère ?

— Oui, admet Alice, en mettant le moteur en marche.

Bientôt, elle décolle et prend de la hauteur. Parvenue à une altitude suffisante, elle met le cap sur le château Trabert.

« Tout à l'heure, je dessinerai une carte de la région, se dit-elle en relevant de mémoire les reliefs. Au moins, j'aurai une idée plus claire de la géographie du parc. »

Alice décrit plusieurs cercles au-dessus du château. Estimant enfin qu'elle en sait suffisamment pour tracer un relevé approximatif des lieux, elle s'éloigne. C'est alors qu'elle aperçoit un nuage de fumée non loin du château lui-même. Sa curiosité éveillée, elle vire de bord et pique droit sur la propriété. La fumée est si dense qu'il est impossible de voir de quel point exact elle s'élève.

« En tout cas, quelqu'un est de nouveau entré ici, songe-t-elle. Pourvu que le domaine ne brûle pas ! »

Plongée dans ses pensées, Alice ne remarque pas que l'avion perd de la vitesse. Pour la première fois, son moniteur lui fait une observation et l'invite à faire plus attention au tableau de bord. Après un rapide coup d'œil à l'altimètre, elle s'empresse de regagner une altitude normale et, quelques instants plus tard, effectue un atterrissage impeccable sur la piste de l'aérodrome.

— Vous vous débrouillez de mieux en mieux, lui dit le jeune homme en descendant de l'avion. À ce rythme, vous aurez bientôt votre brevet.

Revenue chez elle, Alice dresse rapidement une carte aérienne de la propriété Trabert. Le lendemain, elle la montre à Bess et Marion et leur propose une nouvelle expédition au domaine.

Munies d'un panier contenant un alléchant pique-nique, les trois jeunes filles montent dans le cabriolet d'Alice. Cette fois, elles ont pris la précaution de mettre un jean et des chaussures de marche. En chemin, la détective met ses amies au courant de ce qu'elle a appris de nouveau.

— Pas question de quitter le parc avant d'en avoir exploré le moindre recoin ! déclare-t-elle entre deux cahots de la route. Je suis sûre qu'on va découvrir un indice qui va nous mettre sur la voie.

Enfin, elles arrivent au pied du mur couvert de vigne vierge. Alice arrête sa voiture à l'ombre d'un arbre. Sautant à terre, les jeunes filles se dirigent vers la grille rouillée. Elles s'immobilisent, stupéfaites. Une pancarte toute neuve est accrochée aux barreaux :

> DÉFENSE D'ENTRER
> SOUS PEINE D'AMENDE

chapitre 9

Le temple des fées

Les trois amies restent figées, incapables de détacher leur regard de la pancarte. Celle-ci n'y était pas lors de leur dernière visite ! De toute évidence, elle est là pour décourager d'éventuels visiteurs – dans leur genre – de pénétrer dans le parc.

— Quelqu'un a dû nous surprendre ici, grommelle Marion, dépitée. Probablement l'homme que tu as vu nous épier derrière un arbre, Alice.

— On peut dire adieu à notre expédition, déclare Bess. Il ne nous reste plus qu'à pique-niquer un peu plus loin.

Mais la jeune détective ne l'entend pas de cette oreille. Elle n'a aucune intention de renoncer à son objectif à cause d'une malheureuse pancarte.

— Il faut retrouver Floriane, rappelle-t-elle. N'oubliez pas que le bonheur de Roseline et de sa mère est en jeu.

— Je sais bien qu'elles ont besoin d'aide, proteste Bess. Mais, tu crois que c'est prudent d'en-
freindre la loi ?

— Après tout, j'ai l'appui de la police, déclare
la jeune détective avec détermination. C'est le
lieutenant Masters elle-même qui m'a demandé
de m'occuper de cette affaire.

— Dans ce cas, allons-y, tranche Marion.

Elle s'approche de la grille et passe la tête
entre les barreaux. Le parc semble aussi désert
que la première fois, mais, comme ses amies la
rejoignent, elle sursaute en entendant des chiens
aboyer.

— Chut ! s'écrie-t-elle.

Une minute plus tard, elle ajoute :

— Ils sont dans le parc.

— Et ils arrivent droit sur nous ! On ne peut
pas entrer dans la propriété, ils vont nous mettre
en pièces ! conclut Bess.

Elle fait mine de retourner vers la voiture tandis que Marion et Alice s'attardent près de la
grille, nullement pressées de s'en aller. Tout à
coup, deux grands chiens noirs sortent des buissons.

— Ils n'ont pas l'air bien sympathique !
constate Marion.

À la vue des jeunes filles, les chiens poussent
des aboiements furieux. L'un d'eux se précipite
sur la grille et se dresse contre les barreaux en

80

retroussant les babines avec férocité. Au lieu de reculer, Alice se met à lui parler doucement.

— Eh bien, mon vieux ! Depuis quand es-tu ici ?

À la vive surprise des deux cousines, l'animal pousse de petits gémissements amicaux et remue la queue. Passant une main à travers les barreaux, Alice lui caresse la tête.

— Fais attention ! s'écrie Bess, inquiète.

Mais l'autre chien a cessé d'aboyer et s'avance à son tour. Alice le gratte derrière les oreilles.

— Ces chiens ne sont pas méchants ! assure-t-elle, ravie. Quelle chance ! On va pouvoir explorer le parc sans danger.

— Si tu y vas, je te suis, déclare Marion.

— Je passe la première, dit Alice. Si les chiens ne m'attaquent pas, vous pourrez me suivre.

Non sans inquiétude, Bess et Marion regardent leur amie escalader le mur. Parvenue au sommet, l'intrépide jeune fille hésite un instant. Les chiens aboient de nouveau. Pour les molosses, être amicaux à l'égard de promeneurs qui les caressent de l'extérieur est une chose, les laisser pénétrer dans l'espace qu'ils sont chargés de garder en est une autre ! Alice le comprend parfaitement.

— Redescends, s'il te plaît, la supplie Bess.

La jeune détective parle doucement, mais fermement, aux deux chiens. Puis, risquant le tout pour le tout, elle se laisse glisser de l'autre côté. L'un des chiens se précipite sur elle. Le cœur de la jeune fille se met à battre à coups redoublés, mais elle ne laisse paraître aucune peur.

— Et alors, mon vieux ? chuchote-t-elle. Tu veux bien me laisser entrer ?

À son grand soulagement, l'animal se calme et lui fait des signes d'amitié.

— Il n'y a plus de danger, annonce Alice à ses amies. Venez me rejoindre.

Elle caresse les chiens et continue de leur parler tandis que Marion escalade à son tour le mur et saute dans le parc. Les molosses ne bougent pas. Mais, lorsqu'ils voient pointer la tête de Bess, ils se mettent à grogner.

— Ne fais pas attention à eux, lui ordonne Alice. Ils sentent que tu as peur.

— Si je saute, ils vont me dévorer, bégaie Bess, au bord des larmes.

— Mais non, si tu ne trembles pas devant eux, ils ne te toucheront pas.

La pauvre Bess est incapable de se dominer.

— Allez-y sans moi, finit-elle par dire au bout de deux vaines tentatives. Ces chiens ne m'aiment pas. Je vous attendrai dans la voiture.

— C'est bon ! cède Alice. Mais gare à toi si tu en profites pour dévorer tous les sandwichs !

Et elle s'enfonce avec Marion dans l'épaisseur des bois tandis que les chiens restent près de la grille. Au bout de quelques minutes, les deux jeunes filles s'engagent dans une allée bordée

82

d'arbres, qui continue au-delà du pavillon de verdure.

— Regarde ! Je suis sûre que ce sentier va nous conduire au château, déclare Alice, comme elles arrivent à un carrefour.

— Possible, mais le panneau dit : *Temple des Fées*.

— Prenons-le quand même.

Elles s'engagent dans la direction indiquée, passent devant un jardin encombré de mauvaises herbes et parviennent à une clairière. Devant elles se dresse une ravissante construction. Deux rangées de colonnes finement torsadées supportent un toit de plantes grimpantes aux tiges solides.

— Eh bien, on dirait que les fées n'ont pas bien veillé sur leur temple. Il est sur le point de s'écrouler, déplore Marion.

Alice se baisse pour mieux voir la base d'un des piliers.

— C'est bizarre, dit-elle en se redressant, la pluie n'a quand même pas pu abîmer la pierre à ce point... Tiens, qu'est-ce que...

— Quoi ?

— Quelqu'un a donné des coups de marteau, ou plutôt de pioche, à cette colonne. Regarde les marques.

— Tu as raison, mais je ne vois pas l'intérêt de faire ça.

Alice parle alors à Marion du message tronqué qu'elle a trouvé dans l'ancienne fabrique de boutons et des mots : *Dans un mur*.

— Je suis persuadée que quelqu'un cherche un objet de valeur qui aurait été caché dans ces murs croulants, dit-elle. Mais ne perdons pas de temps, suivons ce sentier.

Recouvert d'herbes folles, celui-ci serpente entre les arbres, semblant mener nulle part. Les deux jeunes filles envisagent de revenir sur leurs pas, quand Alice voit à travers les feuillages de l'eau scintiller au soleil. C'est une grande mare, tapissée de nénuphars. Marion s'en approche et, soudain, pousse un cri. La terre vient de céder sous ses pieds ! Avant qu'Alice ait pu faire un geste pour la retenir, elle glisse dans l'eau. La mare n'est pas profonde, mais la pauvre Marion se relève trempée.

— Zut ! gémit-elle en reprenant pied sur la rive. Je dois être belle à voir ! Qu'est-ce que je vais faire ?

Alice promène son regard autour d'elle. Elle aperçoit un peu plus loin une maisonnette en pierre qui devait servir autrefois de remise à outils.

— Entre là-dedans et enlève tes affaires, dit-elle à son amie. Je vais les mettre à sécher au soleil. Ça ne prendra pas longtemps, avec cette chaleur...

C'est la seule solution possible. Sans discuter, Marion suit les instructions d'Alice. Celle-ci étend les vêtements au soleil et s'éloigne pour inspecter les alentours. Au bord de la mare, elle aperçoit une coquille de pourpre que Marion a délogée dans sa chute. Tout d'abord, la jeune détective n'y prête pas attention, puis elle se rend compte qu'un tel coquillage n'a rien à faire dans une mare.

Après avoir réfléchi quelques instants, elle retire ses chaussures et ses chaussettes et pénètre dans l'eau. Plongeant ses mains dans le sable qui tapisse le fond, elle ramène à la surface plusieurs coquilles de pourpres vides.

« Bizarre, songe-t-elle. Elles ne viennent pas de l'usine, elle est beaucoup trop loin. Et ça m'étonnerait que les Trabert aient pu en manger autant ! »

De plus en plus intriguée, elle revient s'asseoir sur la berge. Soudain, une pensée lui traverse l'esprit. Méptit n'a-t-il pas dit qu'on utilisait les pourpres en teinturerie ? Si John Trabert passait une grande partie de son temps à faire des expériences scientifiques, il est tout à fait possible qu'il se soit servi de pourpres pour obtenir une nouvelle teinture.

— Hé ! Alice ! Au lieu de rester là à rêver, tu ne voudrais pas aller voir si mes vêtements sont secs ? s'impatiente Marion.

Alice se lève et va tâter le linge qui sèche.

— Pas encore, répond-elle.

— Je commence à avoir une de ces faims,

gémit la pauvre Marion. Et Bess va être folle d'inquiétude en ne nous voyant pas revenir.

Elle ne se trompe pas. Affamée, elle aussi, et fatiguée d'attendre, Bess commence à tempêter contre ses amies.

« À tous les coups, elles m'ont oubliée », peste-t-elle en elle-même.

Pour ajouter à son irritation, les chiens se précipitent vers la grille dès qu'elle veut s'en approcher et se mettent à aboyer avec fureur.

« Elles vont m'entendre quand elle reviendront ! fulmine la jeune fille. Je... »

Elle n'achève pas sa phrase. Une voiture arrive par la route. Bess a tout juste le temps de se dissimuler dans les buissons ; déjà, un break apparaît au tournant. Un regard au conducteur la fait se tapir encore un peu plus : il correspond à la description qu'Alice a faite d'Hector Karoja.

L'homme descend de voiture et fait une rapide inspection des alentours. Très vite, il aperçoit le cabriolet d'Alice et grommelle quelque chose que Bess ne peut entendre. Puis il se dirige vers la grille et en ouvre les deux battants.

« Aïe ! il entre dans le parc ! s'inquiète Bess. Alice et Marion vont se faire prendre. Il faut que je les avertisse ! Mais comment ? »

Hector Karoja tourne le dos à la jeune fille. Sa voiture, moteur en marche, est à trois mètres de la grille. Sans réfléchir, Bess se précipite à l'arrière du véhicule et s'aplatit contre le plancher.

À peine quelques secondes plus tard, l'avocat reprend sa place au volant. Et sans se douter le moins du monde qu'il a une passagère, il entre dans la propriété...

chapitre 10

Exploration

— Marion, ça t'ennuie si je vais faire un petit tour dans le parc ? demande Alice. Tes vêtements seront secs quand je reviendrai.

— Tu ne vas quand même pas m'abandonner dans cet état ! proteste son amie.

— Juste quelques minutes. Je n'irai pas loin. J'ai trouvé un cimetière de coquilles de pourpres et je pense que c'est un indice précieux. Il y a peut-être des bouteilles de teinture dans les parages.

Elle s'éloigne, à la recherche d'une possible cachette. Absorbée par sa tâche, Alice ne s'aperçoit pas qu'elle s'écarte de l'endroit où elle a laissé Marion. Soudain, un grondement sourd attire son attention. Elle s'immobilise et attend. Plus rien. Toutefois, au loin, un nuage de poussière blanche s'élève.

— Encore une explosion ! murmure-t-elle très agitée.

Prudemment, elle se dirige vers le lieu d'où lui semble venir la poussière. Bientôt une barrière de ronces touffue lui bloque le passage. Impossible de la franchir sans s'écorcher les bras et les jambes. La jeune fille suit la haie pendant quelques minutes, dans l'espoir de trouver une percée. À ce moment-là, le vrombissement d'un moteur la fait sursauter.

« Quelqu'un est entré dans le parc ! » pense-t-elle.

Le bruit se rapproche. Bien décidée à voir le nouvel arrivant, Alice s'enfonce dans l'épaisseur d'un fourré. Juste à ce moment, la voiture d'Hector Karoja débouche à sa hauteur et s'arrête. La jeune fille se recroqueville sur elle-même. Heureusement, l'homme ne la remarque pas. Il se gare à l'abri d'un érable, descend et s'éloigne aussitôt.

« Je ne dois pas le perdre de vue ! » se dit la détective.

L'avocat marche si vite qu'elle a du mal à suivre son allure. Il semble bien connaître les sentiers du domaine. Bientôt, Alice ne le voit plus. Elle choisit une allée au hasard et s'y engage, d'un pas résolu.

De son côté, Bess ignore que la jeune fille est passée tout près d'elle. Décidée à prévenir coûte que coûte ses amies, elle descend enfin de voiture et s'engage dans l'allée qu'a prise l'avocat. Elle a à peine fait quelques pas que, tout à coup, son cœur cesse de battre. Les chiens aboient de nouveau. Ils se rapprochent d'elle !

« Quelle horreur ! Ils ont flairé ma trace ! » songe-t-elle, terrorisée.

Au même instant, les molosses apparaissent au bout du sentier. Prise de panique, Bess grimpe à un arbre, espérant qu'ils poursuivront leur course. Malheureusement, ils montent la garde au pied du tronc.

À l'autre bout du jardin, dans la remise à outils, Marion est fatiguée d'attendre. Par la petite fenêtre, elle voit ses vêtements étalés sur la rive ensoleillée de la mare. Ils semblent secs.

— Alice exagère ! marmonne-t-elle. Puisqu'elle ne revient pas, je vais les chercher moi-même.

Elle s'approche de la porte quand, par l'ouverture, elle aperçoit un garçon, aux cheveux en broussaille, sortir d'un épais buisson. Il semble avoir onze ou douze ans. Rentrant précipitamment à l'intérieur, la jeune fille observe le gamin, qui se dirige droit vers la mare. À la vue des vêtements, il se précipite, les ramasse à toute vitesse et s'enfuit sans plus de façon.

— Hé ! c'est à moi ! crie Marion par la petite fenêtre.

Le jeune garçon ne l'entend pas.

— Il ne manquait plus que ça ! se lamente la

jeune fille. Qu'est-ce que je vais faire maintenant : Alice s'est volatilisée et moi, je ne peux pas me promener toute nue !

Pour le moment, la jeune détective ne songe pas le moins du monde à ses deux amies. Le sentier qu'elle a choisi ne l'a pas conduite jusqu'à l'avocat, mais en vue du château Trabert. Elle ne peut résister à la tentation de s'en approcher tant la beauté de son architecture l'impressionne. Construit en belles pierres de taille, il est presque entièrement recouvert de vigne vierge. Aux angles se dressent de hautes tours et de petites tourelles rompent la ligne du toit.

À cet instant, un cri plaintif s'élève au loin. Une pensée folle traverse l'esprit d'Alice. Quelqu'un est en détresse dans le château ! Et si c'était Floriane, retenue prisonnière dans une tour ?

« Il faut que j'aille voir, décide-t-elle. Si quelqu'un est en danger, je dois l'aider... »

Longeant les murs du château, la jeune détective se dit qu'il est bien dommage qu'un tel chef-d'œuvre soit dissimulé au milieu d'une véritable forêt de broussailles et d'arbres mal taillés. Soudain, elle aperçoit une porte massive, ouverte. Sans hésiter, elle pénètre dans la vaste demeure. Elle suit un long couloir, qui donne accès à de grandes pièces, aux parois recouvertes de boiseries, toutes plus belles les unes que les autres. Plusieurs de ces chambres sont vides, d'autres contiennent encore quelques meubles anciens en acajou. Mais un rapide coup d'œil permet à Alice de conclure que presque tous les objets de valeur ont été retirés du château.

« Ce n'est pas normal ! réfléchit-elle. Je croyais que le château avait été légué à Floriane tel qu'il était du vivant de M. Trabert. »

Les volets sont fermés et, dans l'obscurité ambiante, les rares fauteuils encore tapissés prennent un aspect irréel. Alice sursaute en apercevant sa silhouette reflétée dans un haut miroir, comme si elle venait de voir surgir un fantôme. Au même instant, le cri plaintif se fait entendre de nouveau. La jeune détective a l'impression qu'il vient d'en haut. À toute vitesse, elle monte l'escalier conduisant au premier étage. Elle inspecte rapidement les diverses chambres mais ne découvre rien d'intéressant.

« Il reste encore les tours, mais comment est-ce que je vais y entrer ? » se demande-t-elle, perplexe.

Malgré tous ses efforts, elle ne trouve aucune porte pour y accéder. S'approchant d'une fenêtre, la jeune fille constate alors que le château est construit autour d'un grand carré qui forme un jardin, aussi touffu et abandonné que le parc. Quant aux grandes tours, elles constituent des éléments distincts, dont les portes donnent directement sur la cour intérieure.

« Dans le temps, c'est dans ce genre de tours qu'on emprisonnait les gens ! » se dit-elle.

La triste plainte s'élève encore. Alice descend l'escalier quatre à quatre et parcourt le rez-de-chaussée à la recherche d'une issue vers le jardin intérieur. La porte est si bien cachée dans un recoin obscur du couloir qu'elle perd plusieurs minutes avant de la trouver. Enfin, elle tire le verrou et débouche à la lumière.

Très vite, elle se rend compte que chacune des deux hautes tours rondes comporte bien une porte d'entrée. Le cœur battant, elle ouvre la porte de la première tour et se retrouve dans une salle à plafond bas. Malheureusement, la pièce est vide. Toutefois, une chose intrigue Alice : la paroi circulaire a été récemment sondée, à coups de pioche sans doute, comme les colonnes du *Temple des fées* ! La jeune fille ressort et se dirige vers l'autre tour. Alors qu'elle passe la porte, le gémissement retentit de nouveau, plus proche.

« La personne qui appelle est peut-être ici ! » songe la jeune fille.

La deuxième tour est très différente de celle qu'Alice vient de voir. Elle est entièrement vide et aucun plafond ne la coupe. Seule une fenêtre placée tout en haut l'éclaire vaguement. Un escalier en colimaçon conduit à une galerie semi-circulaire. Sans attendre, la jeune fille gravit les marches de fer et se trouve devant une petite porte. Prudemment, elle l'entrebâille et risque un regard. Quand ses yeux se sont habitués à la profonde obscurité qui règne dans la petite pièce, elle ne distingue rien, ni sur le chemin de ronde où elle accède par une autre porte. Déçue, elle se penche par-dessus le parapet.

« Tout ce mal pour un beau point de vue ! grommelle-t-elle à mi-voix. Et pourtant, je ne l'ai pas rêvé, cet appel... »

Tout à coup, une petite silhouette qui court au loin attire son attention. Les yeux d'Alice s'écarquillent d'horreur. De l'autre côté du mur d'enceinte, un jeune garçon traverse la rive pour gagner une embarcation. Il porte sous son bras les vêtements de Marion !

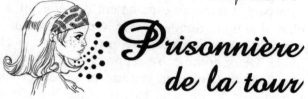

chapitre 11

Prisonnière de la tour

Comme Alice suit du haut de la tour la course du jeune garçon, celui-ci laisse tomber quelque chose sur le sable.

— Le pantalon de Marion ! s'écrie Alice.

Elle veut appeler le petit voleur, mais c'est inutile : il ne peut l'entendre. Elle le voit sauter dans la barque et s'éloigner rapidement.

« Je n'aurais jamais dû laisser Marion toute seule dans la remise à outils ! » se reproche la jeune fille.

S'en voulant terriblement, elle revient en vitesse vers la porte de sortie. Or, quand elle tente de l'ouvrir, rien ne se passe ! Fébrilement, elle tourne de nouveau la poignée et tire de toutes ses forces. La porte ne bouge pas. Alice est prisonnière de la tour !

Malgré l'angoisse qui l'étreint, la jeune fille

réussit à garder son sang-froid. Elle remonte aussitôt sur le chemin de ronde et examine le paysage qui s'étend à ses pieds. Près de douze mètres la séparent du sol. Elle retourne alors au rez-de-chaussée et tente désespérément de réfléchir à un plan d'action. Soudain, elle croit percevoir un bruit de voix. Son cœur se met à battre la chamade. Deux hommes se rapprochent de la porte.

— On va finir par se faire prendre ! proteste l'un d'eux. Et dans ce cas, tu peux être sûr que le patron nous laissera tomber. Il fera comme s'il ne nous avait jamais vus !

— Tu t'inquiètes toujours pour rien, grommelle l'autre. Contente-toi de faire ce que je te dis. Le trésor est forcément dans un des murs de la propriété.

— Ouais ! Possible, mais lequel ? grogne la première voix. C'est pas ça qui manque, les murs, ici ! Moi, je te le répète, ce qu'on a déjà trouvé me suffit, et pas question d'en parler au patron.

— Quand il s'apercevra qu'on a fait sauter des tonnes de pierres, il ne pourra pas dire qu'on n'a pas travaillé pour lui ! ricane le second.

— Tu as bien fermé la porte de la tour au moins ? On l'avait laissée ouverte la dernière fois. Tu sais que le patron n'aime pas trop ça.

— Oui, c'est bon. J'ai donné un coup de clef en passant tout à l'heure.

Au grand soulagement d'Alice, les deux hommes s'éloignent. Mais qui sont-ils ? Une des voix a paru familière à la jeune détective. À la réflexion, il lui semble reconnaître celle de l'homme avec qui elle a échangé quelques mots sur l'embarcadère, qu'elle croit aussi avoir aperçu à la fabrique et qu'elle soupçonne d'avoir heurté la vedette de location.

« C'est bien ce que je pensais, se dit Alice. Quelqu'un fait détruire les murs du château et explore le parc dans tous les sens pour découvrir un trésor. En tout cas, ces deux individus ont déjà fait une trouvaille intéressante. Peut-être la seconde moitié du message ? Ou une information sur les expériences de John Trabert ? À moins que ça ne concerne Floriane ? En attendant, ça ne me dit pas comment je vais sortir d'ici. »

La jeune fille a beau se donner du courage, sa situation n'en est pas moins grave. Bloquée dans la remise à outils, Marion ne peut pas lui venir en aide. Quant à Bess, elle est censée attendre dans la voiture, de l'autre côté des grilles du parc.

Avec obstination, Alice examine centimètre par centimètre le rez-de-chaussée de la tour, dans l'espoir de trouver une issue quelconque. À un moment, elle entend siffler au-dehors. Les deux hommes appellent probablement les chiens. Sans y prêter plus d'attention, la jeune fille reprend sa fouille, mais, pour ajouter à ses malheurs, son estomac crie famine. Regardant sa montre, elle constate avec surprise qu'il est plus de deux heures.

« Si jamais j'arrive à sortir d'ici, Marion et Bess vont m'écorcher vive ! » pense-t-elle et un sourire mi-inquiet, mi-amusé, lui effleure les lèvres.

Alors qu'elle est enfermée dans la tour, Alice ne se doute pas que la pauvre Bess passe un bien mauvais moment. Depuis de très longues minutes, celle-ci est perchée sur son arbre, à une grande distance du château, entourée des deux chiens féroces. Si elle descend, ils la mettront en pièces ! Les larmes commencent à couler de ses yeux quand, tout à coup, elle entend siffler. À ce son, les chiens dressent les oreilles, hésitent, puis partent comme des flèches.

— Ouf ! souffle Bess, qui se laisse glisser de son refuge.

Vu le temps qui s'est écoulé depuis qu'elle s'est séparée de ses amies, elle estime que ce serait de la folie de chercher à les rejoindre. Si elles n'ont pas croisé Hector Karoja, elles doivent déjà l'attendre à la voiture. Bess décide donc de la regagner, elle aussi. Oui, mais par où ? Elle n'a pas la moindre idée de l'endroit où elle se trouve.

Trébuchant sur le sol inégal, les jambes cinglées par les hautes herbes, Bess parvient à un sentier. Elle est tellement déboussolée qu'elle avance comme un automate et ne s'aperçoit pas que l'herbe a été foulée récemment. Malheureu-

100

sement, le chemin ne mène pas à la grande grille, mais à une mare recouverte de nénuphars.

— Qu'est-ce que je fais là ? gémit-elle, désespérée.

Une brise fraîche agite les arbres, faisant frissonner les feuilles. Un rameau desséché tombe à ses pieds. Bess sursaute et, au même moment, entend quelqu'un l'appeler.

— Bess, ma fille, grommelle-t-elle, si tu te mets à entendre des voix, tu ne t'en tireras pas.

L'appel se répète.

— Bess ! Bess !

La jeune fille pivote sur elle-même, ouvrant de grands yeux. Il n'y a rien en vue, si ce n'est, à quelques mètres de là, une remise à outils. Des branches plongeantes en cachent la fenêtre.

— Bess ! reprend la voix avec impatience. Je suis ici ! Dans la cabane !

Cette fois, aucun doute n'est possible : c'est Marion qui appelle ! Bess se précipite vers le petit bâtiment de pierre.

— J'ai bien cru que tu allais partir sans m'entendre ! gronde Marion. Ça fait des heures que je suis coincée là, à me morfondre ! Alice Roy ne perd rien pour attendre !

— Mais Marion ! Tu es toute nue ! lâche Bess, ahurie.

— Je suis tombée dans la mare. Je me suis déshabillée et Alice a mis mes vêtements à sécher au soleil. Et puis, elle est partie se livrer à une

101

de ses chères explorations, en me plantant là. Comme si ça ne suffisait pas, un sale gamin a débouché d'un buisson, a pris mes affaires en une seconde et a détalé avec.

— Pas de chance ! Et où est Alice ?

— J'aimerais bien le savoir ! soupire Marion qui, oubliant déjà sa colère, se laisse gagner par l'inquiétude. Ça fait longtemps qu'elle est partie...

— Elle est peut-être retournée à la voiture.

— C'est possible, mais ça ne lui ressemble pas trop de laisser quelqu'un dans l'embarras.

— Il faut qu'on aille à sa recherche, Marion. Hector Karoja est dans la propriété.

— Hector Karoja, ici ?... répète Marion. Il n'y a pas un instant à perdre ! Le problème, c'est que je ne peux pas sortir dans cette tenue.

Bess retire l'imperméable qu'elle a emporté par précaution et le passe à sa cousine. Marion l'enfile et, à son vif soulagement, aperçoit ses chaussures non loin de la berge. Sans plus tarder, les jeunes filles se mettent en route.

— On va d'abord passer à la voiture, décide Marion. Elle y est peut-être déjà.

Sans faire de rencontre inquiétante, les deux cousines parviennent enfin à l'endroit du mur que Marion a escaladé quelques heures auparavant. Elles le franchissent et courent au cabriolet : Alice n'y est pas !

— Il vaut mieux aller chercher de l'aide à

River City, propose Bess, au comble de l'angoisse.

— Et comment ? C'est Alice qui a les clefs de la voiture.

— Zut ! J'avais oublié ! On est dans de beaux draps !

— Il ne nous reste plus qu'à l'attendre à l'intérieur du cabriolet.

Les deux cousines s'installent dans la voiture et avalent quelques sandwichs pour tromper leur faim et calmer leur anxiété. Une heure s'écoule, puis une autre. Le soleil baisse à travers les arbres, de longues taches d'ombre coupent la route. Au fur et à mesure que le temps passe, les deux jeunes filles sont de plus en plus inquiètes.

— On ne peut pas rester ici sans rien faire indéfiniment ! s'écrie finalement Marion en sortant de la voiture.

C'est aussi l'avis de Bess.

— Je pars chercher du secours, décide-t-elle. Avec un peu de chance, je croiserai une voiture sur la route. Toi, monte la garde ici, au cas où elle reviendrait !

chapitre 12

La trappe

Depuis des heures, Alice tente par tous les moyens de s'évader de sa prison. Elle essaie d'abord de crocheter la serrure à l'aide d'un fil de fer trouvé par terre. De toutes ses forces, elle tire et pousse, mais les panneaux de bois ne bougent pas d'un millimètre. Ensuite, elle sonde les murs de la tour avec la main, dans l'espoir de déceler une porte secrète, mais sans succès. Deux fois, elle envisage de se laisser tomber au bas de la tour ; deux fois, elle renonce, comprenant la folie de son projet.

L'inquiétude la ronge. Qu'est devenue Marion ? Et Bess ? Pour couronner le tout, elle se rend compte qu'elle a gardé la clef du cabriolet. Épuisée, elle s'assied sur la première marche de l'escalier, le regard fixé droit devant elle. Tout à coup, elle remarque une légère fissure dans le sol, qui délimite un espace carré d'environ un mètre de côté.

— Une trappe ! s'exclame-t-elle. C'est peut-être mon dernier espoir !

Elle se précipite vers le carré et, à quatre pattes, se livre à une minutieuse inspection. Malheureusement, elle ne trouve ni anneau, ni poignée qui permettrait de soulever la trappe. Elle regarde autour d'elle à la recherche d'un outil quelconque, mais ne trouve rien. L'atmosphère devient lourde, Alice est tenaillée par la faim et elle souffre cruellement de la soif. Lentement, elle remonte l'escalier et va sur le chemin de ronde pour prendre un peu d'air pur.

Le ciel s'assombrit. La nuit est en train de tomber. Aucun son ne parvient à la jeune fille, hormis le ululement des chouettes et le coassement des grenouilles. Soudain, elle perçoit un bruit de pas qui approchent. Son premier réflexe est de crier afin de signaler sa présence. Mais son intuition lui conseille de s'abstenir. Penchant la tête par-dessus le parapet, elle voit un inconnu ouvrir la porte de la tour. Le cœur d'Alice se met à battre plus vite.

« Il faut que je tente une sortie pendant que cet homme aura le dos tourné ! » décide-t-elle dans l'instant.

Sur la pointe des pieds, elle traverse la petite pièce. Elle n'a pas le temps d'atteindre le seuil qu'elle aperçoit la lueur d'une lampe torche. Alice recule dans l'ombre alors que l'homme monte l'escalier. Tremblante, la jeune fille se dissimule derrière la porte et se fait toute petite.

Allant droit au chemin de ronde, l'inconnu agite sa lampe de haut en bas comme s'il faisait un signal. À la pâle lueur de la lune, Alice entrevoit un visage dont l'expression cruelle la glace. Malgré son désir de savoir ce que l'homme manigance, elle n'ose pas s'attarder. Elle doit absolument saisir cette occasion unique de s'enfuir !

À pas de loup, elle descend l'escalier et se rue dans la cour intérieure. Elle la traverse comme une flèche, franchit la porte du château, restée ouverte, et, à tâtons, suit le long couloir tortueux. Dans sa course effrénée, elle se heurte le genou contre l'angle d'un meuble et se retient de justesse de crier de douleur. Enfin, elle se retrouve dans le grand parc.

— Quelle aventure ! soupire-t-elle en frissonnant. Et maintenant, il faut que je rejoigne Marion et Bess !

Si elle a réussi à s'échapper de la tour, la jeune fille n'est pas encore au bout de ses peines ! En effet, elle doit retrouver son chemin jusqu'à la voiture dans l'obscurité qui est maintenant totale... Elle parvient sans trop de difficulté jusqu'à la remise à outils, qu'elle trouve vide. Se rappelant à peu près la direction de la grille principale, Alice se fraye un chemin à travers les rochers, les hautes herbes et les ronces. Au bout d'une heure environ, elle aperçoit enfin l'ombre vague des barreaux de la grille.

— Ouf ! J'y suis ! murmure-t-elle.

À ce moment, des aboiements furieux viennent rompre le silence. D'un bond, Alice atteint le pan de mur croulant ; elle a tout juste le temps de l'escalader avant que les deux molosses ne surgissent de l'ombre. Hors d'haleine, elle se laisse retomber de l'autre côté.

Une minute plus tard, elle ouvre la portière de sa voiture et découvre Marion, enveloppée dans un imperméable et à moitié endormie sur la banquette arrière.

— Marion ! s'écrie-t-elle, folle de joie.

La jeune fille se redresse en poussant un cri :

— Alice ! Enfin !

— Où est Bess ?

— Elle est partie chercher du secours. Raconte-moi vite ce qui t'est arrivé !

— Des tas de choses. Mais d'abord, dis-moi depuis combien de temps Bess est partie. Il faut l'attendre ?

— Ça fait déjà deux ou trois heures. À mon avis, les secours ne devraient pas tarder à arriver.

Les deux amies patientent en échangeant le récit de leurs aventures.

— Après le départ de Bess, achève Marion, j'ai entendu du bruit. Je me suis cachée dans les buissons, près de la grille, et j'ai vu sortir Karoja.

Pendant qu'il refermait le portail, j'en ai profité pour jeter un coup d'œil à l'intérieur de son break. Je m'attendais un peu à t'y voir pieds et poings liés !

— En fait, j'étais bien prisonnière, mais pas ligotée, précise Alice en riant. Et après, qu'est-ce qu'il s'est passé ?

— Karoja est allé droit vers ton cabriolet.

— Il a sûrement relevé le numéro de la plaque et, à l'heure qu'il est, il sait qui est entré en fraude dans la propriété.

— C'est assez ennuyeux ! observe Marion.

Soudain, Alice sent l'appétit lui revenir.

— Il reste encore quelque chose à manger ? demande-t-elle.

Marion secoue la tête, penaude.

— Non ! Bess et moi, on a tout dévoré, désolée. Mais dis-moi, à ton avis, d'où venait l'homme que tu as vu dans la tour ? Aucune voiture n'a franchi la grille.

— Probablement de la rivière.

Enfin, une voiture apparaît à l'angle de la route et s'arrête. Bess et M. Roy en sortent précipitamment. Sans attendre, Alice se jette dans les bras de son père.

— Papa, mais tu trembles !

— Alice ! ma fille ! J'ai eu tellement peur !

— Pauvre papa ! Je suis désolée. Mais tu me pardonneras peut-être quand tu sauras tout.

— Tu me raconteras tout en route. Bess peut conduire ton cabriolet.

Sur le chemin du retour, M. Roy laisse Alice parler sans l'interrompre.

— Il se passe des choses anormales dans ce château, conclut la jeune fille. Les murs ne s'écroulent pas à cause de la pluie, papa ; on les démolit dans un but bien précis !

— C'est possible. Mais assez parlé de ce mystère. On reprendra cette conversation quand tu auras fait un bon repas !

À peine arrivée chez elle, Alice se jette sur le réfrigérateur. Sarah, inquiète, ne comprend rien à cette attitude inhabituelle. Mais, en apprenant ce qui s'est passé, elle s'empresse de préparer un véritable festin à la jeune fille, tout en écoutant les détails de l'aventure que celle-ci vient de vivre.

— Alice ! soupire Sarah, sois un peu plus prudente !

— Sarah a raison, Alice, appuie M. Roy. D'ailleurs, j'ai quelque chose à te proposer. Je vais faire un petit voyage. Ça te dirait de m'accompagner ?

— Papa, ce n'est vraiment pas le moment !

— Je compte partir en voiture et interroger plusieurs personnes en cours de route, à propos d'une affaire dont je m'occupe, continue-t-il.

— Où est-ce que tu vas ? demande la jeune fille, sans réel intérêt.

— À Hampton.

— Écoute, papa, ne te vexe pas mais je préférerais rester ici pour rechercher Floriane.

Une lueur malicieuse passe dans les yeux de l'avocat.

— Alors tant pis. Moi qui pensais que tu sauterais sur l'occasion. Hampton est la dernière ville où l'on ait vu Floriane.

Alice ne parvient pas à en croire ses oreilles, au grand amusement de son père.

— Répète ce que tu viens de dire !

— J'ai discuté avec le docteur Gibson, de Henryville, aujourd'hui. C'est lui qui soignait Floriane avant sa disparition, et c'est lui qui lui a conseillé de partir se reposer sans dire à personne où elle allait. Il voulait qu'elle s'isole pendant quelques semaines.

— Est-ce que le docteur sait où elle comptait aller ?

— Pas exactement, mais il a parlé avec Vera Fenimore quelques jours après le départ de Floriane. Elle lui a dit qu'elle avait vu un billet de train traîner sur la table de sa sœur, un billet pour Hampton... Elle a dû oublier de t'en parler.

— Tu ne pouvais pas le dire plus tôt ? Bien sûr que je t'accompagne !

— C'est drôle, je m'en doutais un peu...

— On part quand ?

— Demain matin.

chapitre 13

Nouveaux indices

Dès l'aube, Alice est debout. Elle fait sa valise, s'habille et descend à la cuisine.

— Bonjour, ma chérie, s'écrie joyeusement Sarah. Le facteur vient de passer. Il y a du courrier pour toi. Je l'ai posé sur la table de la salle à manger.

Alice se précipite. C'est une lettre de Ned Nickerson ! Tout heureuse, elle déchire l'enveloppe. Elle aime beaucoup le jeune étudiant, et, depuis qu'il est parti pour l'Amérique du Sud, il lui manque beaucoup. Si seulement il était là, il pourrait l'aider à résoudre cette énigme !

Un sourire flotte encore sur ses lèvres quand M. Roy entre à son tour dans la salle à manger.

— Prenons vite un petit déjeuner et en route ! annonce-t-il.

— On peut s'arrêter chez Mme Fenimore en

113

passant ? demande Alice. J'aimerais lui poser quelques questions supplémentaires au sujet de sa sœur.

— Bon, d'accord mais pas plus de dix minutes, consent M. Roy à regret. Il faut que je sois à Hampton avant midi.

Une demi-heure plus tard, les Roy s'arrêtent devant la maison de Vera Fenimore. Celle-ci est ravie de revoir Alice et de faire la connaissance de son père. La jeune détective explique aussitôt l'objet de leur visite.

— Je ne sais pas si ma sœur est vraiment allée à Hampton. C'est pour ça que je ne vous en ai pas parlé.

— J'ai beaucoup réfléchi à la disparition de votre sœur, madame, intervient l'avocat. Elle n'aurait jamais renoncé à sa carrière sans un motif grave. Surtout après son succès dans le ballet de *Cendrillon*.

— C'est ce que je me dis souvent...

— Après son départ de River City, on n'a plus jamais vu son nom sur une affiche aux États-Unis. Si elle vit encore, il a bien fallu qu'elle gagne sa vie. Elle avait d'autres talents en dehors de la danse ?

— Non, à part le jardinage, peut-être. Elle adorait les fleurs et elle les soignait avec amour. Roseline tient d'elle sur ce point, soupire-t-elle.

— Votre fille est à l'école ? demande Alice.

— Oui. Je m'inquiète beaucoup pour elle.

Mme Masters est encore venue chercher une fleur que Roseline a prise dans un jardin public. J'ai beau la gronder, il n'y a rien à faire.

— Mme Masters lui a parlé ?

— Oui, mais Roseline dit qu'elle n'a pas déterré la plante, que c'est Jeddy Hooker qui la lui a donnée.

Cette nouvelle attriste Alice. L'enfant lui avait pourtant promis de ne plus jouer avec le jeune voyou. Il faut à tout prix l'arracher à ce quartier !

Là-dessus, M. Roy et sa fille prennent congé de Mme Fenimore. Comme Alice s'apprête à monter en voiture, elle aperçoit une femme aux traits anguleux et à l'apparence négligée, qui étend du linge sur un fil de fer dans la cour contiguë à celle des Fenimore.

« Ça doit être la mère du fameux Jeddy », se dit-elle.

Soudain, son attention est attirée par un tee-shirt bleu à rayures blanches.

« Mais ! c'est le tee-shirt de Marion ! »

Sans réfléchir, Alice entre dans la cour. La femme lui lance un regard glacial.

— Est-ce que Jeddy est là ? demande la jeune fille, en s'efforçant de paraître aimable.

— Non ! grommelle la femme. Il est à l'école, comme tous les jours.

— Tiens ! J'aime beaucoup ce tee-shirt ! Vous l'avez acheté où ?

— Ça vous regarde ? Et puis pourquoi est-ce que vous me posez ces questions ? Ah ! je vois : vous êtes encore une de ces flics qui viennent fourrer leur nez dans les affaires des autres !

Reprenant le tee-shirt, Mme Hooker regagne sa maison et claque la porte.

Alice remonte en voiture et raconte à son père la conversation qu'elle vient d'avoir.

— Tu ne t'attendais quand même pas à ce qu'elle s'effondre et qu'elle avoue les méfaits de son fils ? lui répond-il. Maintenant, elle va se méfier.

— C'est vrai, admet Alice, confuse. J'aurais mieux fait de parler à Jeddy.

Des travaux sur la route retardent les deux voyageurs, et M. Roy, qui espérait arriver avant midi, ne s'arrête qu'à quinze heures devant l'hôtel où il a retenu deux chambres. C'est d'ailleurs le seul hôtel de Hampton.

— Il ne nous reste pas beaucoup de temps avant le dîner, dit M. Roy à sa fille. Mène ton enquête de ton côté et retrouve-moi ici à sept heures. Bonne chance !

La jeune détective se met aussitôt à l'œuvre. Elle commence par téléphoner à la gare. Floriane était si connue à l'époque de sa disparition que le contrôleur des billets l'a sûrement remarquée. Mais, à la grande déception d'Alice, le personnel a changé. Elle va ensuite interroger plusieurs chauffeurs de taxi. Aucun ne peut la renseigner.

116

Au commissariat de police, elle n'a pas plus de succès.

Dès seize heures trente, elle est de retour à l'hôtel. Gentiment, elle demande au réceptionniste de bien vouloir lui laisser jeter un coup d'œil sur les anciens registres de voyageurs et lui en explique la raison. Elle parcourt celui où sont inscrites toutes les personnes qui ont séjourné à l'hôtel l'année où Floriane a quitté définitivement River City. Elle ne trouve ni le nom de Floriane ni celui de Flossie Demott. La danseuse en a sans doute donné un autre...

— Vous avez essayé les pensions de famille ? hasarde l'employé.

— Non, mais c'est une excellente idée !

Alice repart aussitôt pour l'office du tourisme, où on lui fournit la liste des pensions. Elle se rend alors dans chacune d'elles, mais sa démarche ne donne rien. Apprenant que ce n'est pas une chambre qu'elle cherche, une gérante lui claque même la porte au nez.

« À quoi bon ? songe Alice en sonnant à la dernière pension, je perds mon temps ! »

On la fait attendre un peu à la porte de la petite villa. Enfin, une femme aux cheveux blancs et à l'expression avenante lui ouvre.

— Je suis désolée, dit-elle, mais si vous cherchez une chambre, je viens de louer la dernière à une étudiante.

— Ce n'est pas une chambre que je cherche,

mais la trace d'une jeune femme qui est peut-être passée chez vous il y a quelques années.

— Entrez, vous allez m'expliquer ça.

Dans le petit bureau accueillant, Alice fournit quelques détails supplémentaires.

— Vous dites qu'elle s'appelait Floriane Demott ?

Alice s'attend à une nouvelle déception, aussi quelle n'est pas sa surprise lorsque l'aimable propriétaire sourit en lui disant :

— Je peux peut-être vous aider...

chapitre 14

Sur la voie

— Mais au fait, nous ne nous sommes pas présentées ! dit la propriétaire de la pension de famille. Je m'appelle Mme Johnson, et vous ?

— Alice Roy. Je ne suis pas d'ici.

— Peut-être, mais je connais votre nom. J'ai lu plusieurs articles sur vous et sur votre père dans les journaux. Vous êtes une détective très douée à ce qu'il paraît.

Ces paroles font rougir Alice. Voyant son embarras, Mme Johnson enchaîne rapidement :

— Vous devez être pressée. Alors je vais vous dire tout de suite ce que je sais au sujet de Floriane. Il y a dix ans, elle a loué la chambre qui donne sur la rue. Elle ne devait rester qu'une nuit.

— Elle vous a dit qui elle était ?

— Pas le premier jour. Elle s'est inscrite sous

119

le nom de Mme Demott et je n'ai pas fait le lien entre elle et la grande danseuse. Dans la soirée, elle est tombée malade. Je l'ai soignée.

— C'était grave ?

— Non. Elle était tout simplement épuisée. Et si maigre aussi. Je me suis occupée d'elle et, au bout de trois jours, elle allait déjà beaucoup mieux.

— Vous pouvez me la décrire ?

— Je vais même faire mieux que ça.

Elle sort une photo d'un tiroir et la tend à la jeune fille.

— Après son départ, j'ai trouvé ça sur la commode de sa chambre.

À Mme Johnson, en remerciement
FLORIANE.

C'est bien le portrait et l'écriture de la disparue. Alice se souvient très bien des photos dédicacées que Mme Fenimore lui a montrées.

— Quand elle est partie, elle vous a dit où elle comptait aller ?

— Elle avait l'intention de passer quelque temps dans une ferme proche de Plainville.

— Elle ne vous a pas donné l'adresse ?

— Non. Et je ne l'ai plus jamais revue. Moi qui rêvais tant de la voir danser !

— En fait, elle a abandonné sa carrière il y a dix ans.

120

Mme Johnson ouvre de grands yeux.

— C'est terrible ! J'espère que vous allez la retrouver. Elle était si gentille !

— Est-ce que Plainville est loin d'ici ?

— C'est à une cinquantaine de kilomètres d'ici. Mais on ne peut pas y aller en train. Et pourtant, quand Floriane est partie d'ici, elle a demandé au chauffeur de taxi de la conduire à la gare.

— C'est étrange en effet.

Après avoir remercié la vieille dame, Alice se hâte de regagner l'hôtel. Au dîner, elle raconte à son père les dernières nouvelles.

— Bravo, ma fille ! C'est du bon travail !

— Comme récompense, tu vas m'emmener à Plainville !

— C'est d'accord ! cède M. Roy en riant. À vrai dire, je m'y attendais un peu !

Le lendemain matin, le père et la fille prennent la direction de Plainville. Le trajet est très agréable. La route serpente à travers collines et vallées. Dans plusieurs petites villes, Alice interroge des policiers au sujet de la danseuse, sans succès. Toutefois, à Hopewell, la chance lui sourit enfin.

Quand elle entre dans le commissariat, le sergent de service est en pleine discussion avec une commère, qui prétend qu'on lui a volé des poussins et critique vertement l'incapacité de la police locale. Mi-amusé, mi-agacé, le sergent lui conseille de mettre plutôt un piège à renard dans son poulailler.

Lorsque Alice parvient à placer un mot, la bavarde ne s'en va pas pour autant. Quelle aubaine d'apprendre ce que veut cette étrangère !

— Je suis désolé de ne pas pouvoir vous aider, explique le sergent à Alice après l'avoir écoutée, mais je ne me souviens de personne qui corresponde à cette description. Et le plus ancien de mes collègues n'est ici que depuis huit ans.

— C'est bien ce que je disais, vous êtes incompétents ! le coupe la commère. Moi, je peux répondre. On a tellement parlé de cette belle jeune femme qui est arrivée ici il y a dix ans. Elle s'est fait renverser par une voiture et on l'a emmenée à l'hôpital de Plainville.

— Jamais entendu parler de ça, bougonne le sergent, qui se lève pour aller jeter un coup d'œil dans les dossiers de l'époque.

Au bout de quelques minutes, il reprend place derrière son bureau.

— En effet, l'accident est enregistré, mais à la place du nom de la victime, il y a « Inconnue ». Elle ne devait pas avoir de papiers d'identité sur elle.

— Quand on transporte quelqu'un d'inconscient à l'hôpital, la police ne recherche pas son identité ? demande Alice.

— Seulement si la victime porte plainte contre

122

l'auteur de l'accident. Et dans le cas qui vous intéresse, il a pris la fuite.

— Vous pensez que l'hôpital a gardé une trace du passage de la blessée ?

— Moi, je connais l'infirmière qui l'a soignée, reprend la bavarde triomphante. Elle s'appelle Émilie Foster. Elle m'a même dit qu'elle soupçonnait sa patiente de ne pas avoir donné son vrai nom au bureau des admissions.

Enfin des renseignements ! Alice lui demande alors où elle peut trouver l'infirmière.

— Elle habitait à Plainville, à deux kilomètres du village. Mais ça fait des années qu'elle est partie. Elle avait promis de m'écrire, et puis elle ne l'a jamais fait.

— L'hôpital connaîtra peut-être son adresse, suggère Alice.

Et avec un aimable sourire au sergent et à la commère, elle sort du commissariat. En compagnie de son père, elle se rend immédiatement à l'hôpital de Plainville. On leur confie les registres des entrées qui correspondent à l'époque de l'accident. Aucune malade n'est inscrite sous le nom de Flossie ou Floriane Demott. Voyant leur embarras, l'employé leur conseille de questionner Jess Turner. Il est aide-soignant à Plainville depuis vingt ans et a une mémoire surprenante.

Celui-ci est en train de laver à grande eau les dalles d'un couloir. M. Roy lui fait une description approximative de la danseuse et, aussitôt, un large sourire fend les lèvres du vieil homme.

— Oui ! je m'en souviens. La pauvre dame ! Elle pleurait tellement quand je l'ai descendue dans la chaise roulante. Ça me faisait de la peine de la voir partir dans cet état.

— Comment ! Elle a quitté l'hôpital dans une chaise roulante ? demande vivement M. Roy. Elle était handicapée ?

— Oui ! Et le docteur Barne lui a même dit qu'elle ne pourrait plus jamais marcher comme avant.

Cette information laisse un instant Alice et son père abasourdis. Bien sûr, rien ne prouve que la jeune femme qui a quitté l'hôpital dans une chaise roulante il y a dix ans était bien la danseuse, mais cela paraît plus que probable.

— Quand elle a compris qu'elle ne pourrait plus jamais danser, elle a certainement préféré disparaître. Et maintenant, elle doit vivre quelque part sous un autre nom, suppose Alice.

— Ça ne m'étonnerait pas. Vu son tempérament, elle n'a pas dû vouloir être un fardeau pour sa sœur ou sa tante, approuve M. Roy.

— Ni pour John Trabert. Cette fois, papa, je crois qu'on est sur la bonne voie !

Un peu plus tard, Alice téléphone aux renseignements et demande l'adresse du docteur Barne et d'Émilie Foster, dans l'espoir que l'un d'eux pourra lui fournir d'autres détails. L'employé lui apprend que le docteur est décédé il y a trois ans et que l'infirmière a quitté Plainville depuis long-temps. À l'époque où elle travaillait à l'hôpital, elle habitait 20, rue de Québec. Laissant à son père le soin de retenir deux chambres à l'hôtel, la jeune détective se rend malgré tout à l'adresse indiquée. Deux nouveaux locataires l'occupent. Cependant, ils ignorent jusqu'au nom d'Émilie Foster.

Comme elle repart, Alice a la vague impres-sion d'être suivie. Elle fait alors semblant de lais-ser tomber son porte-monnaie. En se baissant pour le ramasser, elle se retourne et voit un homme vêtu d'un costume marron ; sur son visage anguleux se détache un grain de beauté. Comprenant qu'Alice l'a repéré, l'homme s'en-gage rapidement dans une rue secondaire.

« Qu'est-ce qu'il me voulait ? s'inquiète la jeune fille. Je ne l'ai jamais vu. »

À ce moment-là, son père la rejoint et Alice oublie rapidement l'incident. Ce n'est que le soir, peu avant d'aller se coucher, qu'elle repense aux événements de la journée et vient bavarder quelques minutes dans la chambre de l'avocat.

— Je crois qu'il faut vraiment que j'arrive à trouver et interroger Émilie Foster. Qu'est-ce que tu en penses ? finit-elle par dire.

M. Roy ne répond pas. Depuis un moment déjà, il n'écoute plus que d'une oreille distraite ce que lui raconte sa fille. Tout à coup, il se lève

et, à pas de loup, se dirige vers la porte donnant
sur le couloir. D'un geste brusque, il tourne la
poignée.

La porte s'ouvre, laissant apparaître un homme
en costume brun accroupi juste de l'autre côté.
Il bascule en avant et s'écroule dans la chambre !

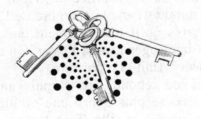

chapitre 15

L'indiscret personnage

— On peut savoir pourquoi vous écoutez aux portes ? demande d'une voix sévère M. Roy, en remettant brutalement l'homme sur ses pieds.

— Je... je n'écoutais pas, bégaie celui-ci en tentant de se dégager de la poigne de M. Roy.

— Asseyez-vous, ordonne l'avocat. J'ai à vous parler.

Alice reconnaît immédiatement l'inconnu qui l'a prise en filature quelques heures plus tôt.

— Qu'est-ce que vous faisiez derrière la porte ? reprend M. Roy.

— Rien. Je croyais que c'était la chambre d'un de mes amis et je voulais lui faire une blague.

— Ne me racontez pas d'histoires ! Vous aviez l'oreille collée à la serrure quand j'ai ouvert la porte. Donnez-moi votre nom !

— Ça ne vous regarde pas !

— Dans ce cas, j'appelle la police.

— Et je lui dirai que vous m'avez suivie cet après-midi, ajoute Alice.

À ces mots l'inconnu s'agite sur son fauteuil, visiblement mal à l'aise.

— Vous n'avez aucune preuve !

— Comment ? Cet homme t'a suivie ? le coupe M. Roy.

— Oui, j'avais oublié de t'en parler.

— Voilà qui règle la question ! tranche l'avocat en fronçant les sourcils. J'appelle le commissariat.

— Non, ne faites pas ça ! Je vais tout vous dire !

— C'est bon. Pourquoi avez-vous suivi ma fille cet après-midi ?

— Parce qu'on m'a promis un bon paquet d'argent si je le faisais.

— Qui ?

— Je ne vous le dirai pas. Et d'ailleurs, je ne sais même pas comment il s'appelle.

— Quelles étaient vos instructions ?

La question reste sans réponse. M. Roy se tourne de manière à ce que l'inconnu ne le voie pas faire des signes à sa fille. D'abord perplexe, Alice finit par comprendre que son père veut qu'elle aille téléphoner à la police pour lui demander de prendre l'homme en filature.

— Vous ne voulez toujours pas me dire votre

nom ? répète M. Roy, en adressant un regard impératif à sa fille.

— Non !

Alice s'éclipse sans bruit. À la réception, elle demande à téléphoner et compose le numéro du commissariat. Après avoir décliné l'identité de son père, elle prie le sergent de garde d'envoyer un policier en civil, auquel elle expliquera toute l'affaire.

— Comment est-ce que je le reconnaîtrai ?

— Il portera une veste de velours beige.

« Pourvu qu'il arrive à temps ! » se dit Alice après avoir raccroché. Mais ses craintes sont vaines ; moins de cinq minutes plus tard, un homme vêtu de beige l'aborde dans le hall de l'hôtel. En quelques mots, la jeune fille lui raconte de quoi il s'agit et lui demande de suivre l'homme dès qu'il sortira dans la rue.

— Regardez, c'est lui ! murmure-t-elle comme l'inconnu sort de l'ascenseur ; et elle s'empresse de se cacher derrière un pilier.

M. Roy attend sa fille sur le seuil de sa chambre. Il la rassure aussitôt. Elle a interprété ses signes à la perfection.

— Au fait, tant que j'y pense. Tu as téléphoné à Sarah depuis notre départ, ma chérie ? Elle a peut-être des messages pour nous.

— Zut ! pauvre Sarah ! J'ai complètement oublié de l'appeler ! Elle doit commencer à s'inquiéter. J'y vais tout de suite.

Un instant plus tard, Alice entend la voix joyeuse de Sarah au bout du fil.

— Je suis bien contente que tu appelles ! J'ai essayé de te téléphoner à Hampton, mais on m'a répondu que vous étiez déjà repartis.

— Une mauvaise nouvelle ?

— Mme Fenimore est venue ici ce matin. Elle voulait te voir d'urgence.

— Mme Fenimore ? répète la jeune fille, très surprise.

Elle comprend qu'il a dû se passer quelque chose de grave car, dans son état de faiblesse, la pauvre femme ne se déplace pratiquement pas.

— Elle ne m'a pas expliqué de quoi elle voulait te parler, reprend Sarah. Mais avant de partir, elle a dit qu'il fallait que tu sois très prudente.

— Pourquoi ?

— Elle pense que tu es en danger. Alice, je ne serai pas tranquille tant que tu ne seras pas rentrée.

— Ne t'en fais pas. On sera à River City demain. Bonne nuit, Sarah !

Alice raccroche et reste quelques instants pensive. Pourquoi Mme Fenimore s'inquiète-t-elle pour elle ? A-t-elle appris quelque chose de nouveau ?

Le lendemain matin, les Roy sont encore sans nouvelles de l'agent en civil chargé de surveiller l'homme qui les espionnait. L'avocat prie donc le commissaire de lui adresser un rapport à River City.

Dès son arrivée, Alice court chez les Fenimore. La malade est de nouveau couchée, l'effort de la veille l'ayant épuisée.

— Je n'aurais pas dû me mettre dans un état pareil, soupire-t-elle. Mais c'est plus fort que moi. Hector Karoja me fait toujours le même effet.

— Il est venu vous voir ?

— Oui. J'ai eu une conversation très pénible avec lui. Il m'a posé je ne sais combien de questions. J'avais l'impression d'être un coupable sur la sellette.

— À propos de quoi ?

— Il voulait savoir si j'avais engagé quelqu'un pour rechercher Floriane.

— Vous avez parlé de moi ?

— J'ai fini par lui dire que vous aviez proposé de m'aider, avoue Mme Fenimore, mais je l'ai tout de suite regretté. À la manière dont il se comporte, je suis sûre qu'il va vous causer des ennuis.

— Je n'ai pas peur de lui.

— Pourtant, si vous l'aviez entendu ! Il a hurlé qu'il ne permettrait à personne de se mêler de ses affaires. À l'entendre, on croirait que le château Trabert lui appartient !

— M. Karoja n'a pas la conscience tranquille..., déclare la jeune fille.

Elle estime qu'il vaut mieux ne pas parler à

Mme Fenimore de ce qu'elle a appris au cours de son voyage. Elle se contente de lui annoncer qu'elle suit une nouvelle piste, qui ne devrait pas la mettre en contact avec M. Karoja.

Rentrée chez elle, la jeune détective réfléchit à l'étrange énigme qu'elle a entrepris de résoudre. Des voleurs rôdent dans le domaine Trabert à la recherche d'un trésor. Cela a-t-il un lien avec la disparition de Floriane ? Hector Karoja trame-t-il quelque chose dans l'ombre en rapport avec ces recherches et la disparition de la danseuse ? Et puis, il y a encore Émilie Foster et l'homme au costume marron...

En ouvrant un tiroir pour y prendre un crayon, le regard d'Alice tombe sur le message déchiré. Avec tous ces événements, elle l'a complètement oublié.

« C'est peut-être un indice précieux, se dit-elle. Il faut que j'essaie de le déchiffrer. »

Juste à ce moment, la sonnerie du téléphone retentit. C'est Marion qui l'appelle, curieuse de connaître les derniers rebondissements de l'affaire.

— Je crois que j'ai retrouvé tes vêtements ! déclare Alice en riant de bon cœur. Et elle lui rapporte l'incident avec Mme Hooker. Furieuse, Marion veut se précipiter chez la femme, mais Alice la calme en lui faisant remarquer qu'elle ne peut rien prouver.

— Tu ferais mieux de venir ici avec Bess. J'ai des tas de choses à vous raconter !

— On est chez toi dans dix minutes !

La jeune détective regagne sa chambre.

« Si c'est Jeddy qui a pris les vêtements de Marion, que faisait-il dans la propriété Trabert ? Est-ce qu'il y a un lien entre lui et le mystère ? » songe-t-elle.

La jeune fille se concentre quelques instants, sans trouver de réponse à ce rébus. L'arrivée de Bess et Marion vient interrompre le cours de ses pensées. Alice leur résume les deux journées qu'elle vient de passer en compagnie de son père.

— Pauvre Floriane ! s'écrie Bess. C'est terrible ce qui lui est arrivé.

— C'est dommage que tu n'aies pas retrouvé cette Émilie Foster, fait remarquer Marion. Et maintenant, qu'est-ce que tu comptes faire ?

— D'abord, déchiffrer ce bout de papier !

Munies d'un crayon et d'une feuille, les trois amies se mettent à l'ouvrage. Au bout d'un quart d'heure, Alice bondit de sa chaise en s'exclamant :

— Je sais où on peut trouver la solution !

Et sans donner plus d'explications à ses amies, elle sort de la pièce, descend l'escalier en trombe et revient tenant un gros volume sous le bras.

— Tu m'expliques le rapport entre ce livre et Floriane ? demande Marion, perplexe.

C'est un ouvrage sur les vieilles demeures et

133

les grands parcs d'Angleterre. Après l'avoir feuilleté un instant, la jeune détective pousse une exclamation joyeuse :

— Regardez !

— Le château Trabert ! s'exclame Marion.

— Ou plutôt l'original, qui ne porte bien sûr pas le même nom.

— Il y a aussi le dessin du parc, commente Bess en examinant les diverses reproductions.

Alice lit le texte concernant le château ; un paragraphe retient son attention.

— Les filles ! J'ai trouvé quelque chose d'intéressant !

chapitre 16

Nouvelles recherches

Les deux cousines se penchent sur les lignes qu'Alice leur désigne du doigt. C'est une citation en vieil anglais, à laquelle elles ne comprennent rien.

— « J'ai caché mes trésors dans les niches du cloître qui, chaque jour, résonnent sous les pas joyeux des beaux seigneurs et gentes dames qui vont à la rivière prendre leur bain », traduit leur amie.

— Et en quoi ça peut nous aider ? s'étonne Bess.

— Réfléchis : le château Trabert a été construit à l'image de celui-ci. John Trabert et son père connaissaient parfaitement tout ce qui concernait le cloître et ses cachettes.

— Possible, convient Marion. Mais je ne vois toujours pas où tu veux en venir.

— Si les Trabert avaient un trésor à cacher, ils ont certainement pensé à leur propre cloître.

— Je n'ai pas vu de cloître dans le parc, fait remarquer Marion.

Alice tourne la page et les trois jeunes filles se penchent sur une photographie reproduisant une longue galerie, flanquée de colonnes, qui aboutit à une rivière.

— Le voilà, ce fameux cloître ! Il y a forcément le même au domaine Trabert !

— Quand tu as survolé le parc, tu n'as rien remarqué, Alice ? demande Bess.

— Non !... et pourtant, j'ai vu une sorte de chemin de vigne vierge en relief, un peu comme un tunnel, qui va du château à la rivière.

— Ça doit être ton cloître ! s'écrie Marion, très excitée à cette idée.

À ce moment retentit dans la rue la ritournelle du vieux pêcheur de coquillages.

— Voilà quelqu'un qui pourrait nous renseigner ! lance Bess. Il connaît la Muskoka comme personne.

— Allons le voir tout de suite, décide Alice.

Quand elles entrent dans la cuisine, Sarah est déjà en grande discussion avec le marin.

— Je me demande bien pourquoi je continue à lui acheter ces affreux coquillages, bougonne-t-elle. Un de ces jours, ils vont nous empoisonner.

Ce qui ne l'empêche pas d'en prendre trois douzaines.

À la vue des jeunes filles, un sourire creuse les rides du vieil homme.

— Content de vous voir, mes p'tites. Mais je n'ai pas encore retrouvé le bougre qui a abîmé votre canot. Pourtant, ce n'est pas faute d'avoir essayé. Vous avez envie que je vous emmène faire de nouveau un petit tour du côté de l'ancienne usine ?

— Sans façon ! s'exclame Alice en riant de bon cœur. Une explosion me suffit ! Par contre, j'aimerais entrer dans la propriété par la rivière. Est-ce que vous auriez par hasard remarqué un genre de tunnel partant de la plage lors de vos allées et venues ?

— Non, ça ne me dit rien... Et de toute façon, c'est impossible d'aller là-bas en bateau. On ne peut plus aborder la rive avec une vedette à moteur et c'est trop dur pour des bras de demoiselle de ramer jusque-là à contre-courant.

— Dans ce cas, si vous n'êtes pas trop occupé, vous pourriez peut-être..., commence la jeune fille avec son plus irrésistible sourire.

— Ah ! Je vous vois venir ! dit le vieux marin en souriant. C'est bon, vous n'avez qu'à me retrouver demain matin à dix heures à l'embarcadère. Vous louerez un canot à moteur et je mettrai ma petite barque en remorque. Quand on arrivera aux abords du château, on mouillera et je vous emmènerai à terre à la rame. Et on va le trouver, votre tunnel !

Ce plan convient parfaitement aux trois jeunes filles. Elles remercient chaleureusement le vieil homme. Avant de le laisser partir, Alice lui montre une des coquilles qu'elle a sorties de la mare, lors de sa dramatique aventure au domaine Trabert.

— C'est bien de cette espèce de coquillage que l'on extrait de la teinture ?

— Ça alors ! s'exclame le vieil homme, éberlué. Où l'avez-vous trouvé ?

La jeune fille lui raconte sa découverte. En apprenant qu'elle en a vu un nombre considérable, il siffle entre ses dents :

— Mais c'est très intéressant ! Il y a quelques années, les gens faisaient fortune rien qu'en exploitant les bancs de pourpres. C'est peut-être bien comme ça que les Trabert sont devenus riches. Qui sait ?

— Ça m'étonnerait beaucoup, commente Alice, mais je me demande si les expériences de John Trabert n'avaient pas un rapport avec ce colorant.

— Là-dessus, le vieux Sam Morinex pourrait vous en apprendre un peu plus.

— Le bijoutier ?

— Oui. Il travaillait à l'usine Trabert avant de s'installer à son compte. Et il connaissait très bien le patron de la fabrique.

— Merci, je ne savais pas. Je vais aller le voir.

Bientôt, le vieux pêcheur prend congé. Bess et Marion partent peu après lui. Restée seule, Alice décide d'aller interroger le marchand. Quand elle entre dans la boutique, il est occupé à astiquer une théière en étain.

— Alice ! Ça fait des siècles que je ne t'ai pas vue ! s'écrie-t-il tout content. Tu as apporté la perle et la coquille, comme je te l'avais demandé ?

La mine déconfite, Alice lui raconte sa mésaventure. Puis elle en vient rapidement au sujet qui l'amène et lui demande si John Trabert s'intéressait aux pourpres. Cette question paraît surprendre M. Morinex, qui croyait être le seul au courant des recherches de son ami dans ce domaine.

— Oui, répond-il. John espérait les utiliser pour ses boutons de nacre et obtenir des nuances variées et subtiles que ses concurrents ne pourraient pas imiter. À cette époque, sa fabrique battait de l'aile et il voulait lui donner un nouvel essor.

— Il faisait ses expériences au château ?

— Oui. Il n'a pas eu de chance, le pauvre !

— Pourquoi ?

— Un jour, dans un coquillage, il a trouvé une perle énorme, à ce qu'il m'a dit en tout cas. Il l'a fait monter en Angleterre et il voulait l'offrir à sa fiancée.

Alice dresse l'oreille. Qu'est devenue cette

perle ? John a-t-il eu le temps de l'offrir à Floriane avant qu'elle ne disparaisse ou bien l'a-t-il cachée ? Et si c'était cette perle que les rôdeurs recherchent dans la propriété Trabert ? À moins que ce ne soit une fiole de teinture... D'après ce qu'un des hommes a dit l'autre jour au château, ils ont déjà trouvé l'une des deux.

La jeune fille s'apprête à partir lorsque son regard est attiré par une montre posée sur un coussin de velours. C'est celle que le marchand a achetée à Hector Karoja.

— Elle est belle, tu ne trouves pas ? admire M. Morinex. C'est un vieux bijou anglais. Un souvenir de famille.

Et il lui montre des boucles d'oreilles, un bracelet, une broche, qui sont tous ornés du même motif.

— L'avocat m'a vendu la parure complète.

— Vous dites que ce sont des souvenirs de famille. M. Karoja a des ancêtres anglais ?

— C'est ce qu'il m'a dit. Mais, entre nous, ça ne m'étonnerait pas qu'il ait arraché ces bijoux à un client dans la gêne.

Sur ces paroles, Alice prend congé et retourne chez elle, la tête remplie de nouvelles questions. En la voyant arriver, Sarah lui annonce que quelqu'un l'a appelée de Plainville. Elle doit téléphoner le plus vite possible au commissariat de la ville.

La jeune fille rappelle aussitôt. On lui apprend

que l'homme au costume marron est parti la nuit même pour River City. Ensuite, il s'est rendu à l'ancienne fabrique Trabert, où il a rencontré un autre homme.

— Vous savez qui ?

— Non, mais nous avons son signalement, lui répond le sergent de police.

D'après la description qu'il lui fait, Alice pense qu'il s'agit du personnage qui a endommagé la vedette de location.

— Notre agent n'a pas pu continuer la filature, reprend l'officier, parce que River City est en dehors de notre secteur. Vous pouvez alerter la police locale ?

Alice le remercie et raccroche.

Le lendemain matin, la jeune fille arrive la première au rendez-vous, bientôt rejointe par Marion, Bess et, enfin, Méptit et sa barque, qu'il amarre au canot qu'Alice vient de louer. La promenade est agréable et le vieil homme un excellent compagnon, dont les récits enjolivés et les chansons de marin font la joie des jeunes filles.

— On arrive ! annonce-t-il tout à coup.

Au loin se profilent les hautes tours. Alice revoit en pensée l'homme qui faisait des signaux à l'aide de sa lampe torche. Son complice était sans doute sur la rivière ce soir-là. Le vieux marin arrête le moteur et jette l'ancre. La végétation est si dense à cet endroit qu'on entrevoit à peine une mince langue de sable. À quelques mètres de la rive, se dresse un haut mur décrépi.

— On ne pourra jamais entrer par là ! s'inquiète Bess.

— N'oublie pas la citation ! Il doit y avoir un passage secret, la rassure Alice.

Bientôt, les quatre occupants du bateau mettent pied à terre.

— Tiens, tiens ! Il doit y avoir un tas de palourdes par ici, constate le vieil homme, qui, sans plus s'occuper des jeunes filles, se met aussitôt à creuser.

Pendant ce temps, les trois amies se dirigent vers le mur. Tout semble paisible autour d'elles. Et pourtant, bien des péripéties les attendent...

chapitre 17

La cachette dans la muraille

Laissant le vieux marin à ses occupations, les trois jeunes filles concentrent toute leur attention sur la haute muraille qui marque la limite de la propriété, côté rive. La pointe des arbres du parc la dépasse à peine. Au pied du mur, ronces et bruyères s'entremêlent.

— Je ne vois toujours pas comment on va entrer..., marmonne Bess. Tiens ! qu'est-ce que c'est que ça ?

Elle vient d'apercevoir un morceau de tissu à demi enfoui dans le sable. Elle se baisse et brandit... le pantalon de Marion en bien piteux état !

— C'est bizarre, remarque Alice. En y repensant, il me semble que le gamin qui a pris tes affaires, Marion, est apparu d'un seul coup sur la rive. Je ne l'ai vu ni escalader ni sauter le mur. C'est comme s'il était sorti de nulle part.

143

— Tu penses qu'il a emprunté le passage que nous cherchons ? hasarde Bess.

— Peut-être. En tout cas, il doit y avoir une ouverture quelque part.

Les trois amies longent lentement le mur. En certains endroits, des plantes ont pris racine entre les pierres. Les moustiques harcèlent les jeunes filles, les ronces leur éraflent les bras et les jambes. Bess est vite prête à abandonner. Alice, elle-même, commence à se décourager, mais se garde bien de l'admettre.

— Je suis sûre d'avoir vu le petit voleur sortir de ces buissons. Il faut trouver ce passage !

Enfin, son acharnement est récompensé. Une vingtaine de mètres plus loin, comme elle écarte les feuillages, elle aperçoit de grandes pierres plus ou moins jointes les unes aux autres. Elle pousse celle du milieu. À sa grande surprise, la pierre cède sous sa pression.

— Ça y est ! J'ai trouvé l'entrée ! s'écrie-t-elle. Venez vite !

Elle appuie encore et la pierre tombe, laissant voir une dizaine de marches, qui conduisent à un passage voûté. Voulant élargir l'ouverture, elle pousse une autre pierre, qui résiste un peu, puis bascule, entraînant une avalanche de débris. Alice saisit Marion par le bras et la tire en arrière juste à temps. Bess, elle, perd l'équilibre en voulant échapper aux pierres et tombe au beau milieu des ronces !

— Je suis désolée, les filles ! s'excuse Alice, confuse. C'est de ma faute, j'aurais dû regarder un peu mieux ces pierres avant d'en pousser une.

— Pourvu que le passage ne soit pas bouché maintenant, s'inquiète Marion.

En se faisant aussi minces que possible, les trois jeunes filles, Alice en tête, s'introduisent par la brèche. Parvenues au bas de l'escalier, elles s'arrêtent pour reprendre leur souffle.

— C'est magnifique ! s'enthousiasme Bess avec romantisme.

Devant elles s'allonge un cloître dallé de pierres. D'un côté, on voit des colonnes carrées recouvertes de vigne vierge ; de l'autre, un mur de pierre coupé à intervalles réguliers par des niches.

— C'est exactement la reproduction du cloître anglais ! murmure Alice, saisie par la beauté de l'ensemble.

— Et maintenant, à nous le trésor ! Ne perdons pas une minute ! s'écrie Marion, avec son entrain habituel.

Plus motivées que jamais, les jeunes filles examinent une à une les niches, dont quelques-unes comportent des consoles en pierre. Sur l'une d'elles, un vase brisé bascule.

Soudain, Alice porte un doigt à ses lèvres.

— Écoutez ! chuchote-t-elle.

Aussitôt, ses deux amies se figent, l'oreille tendue. Un très faible bruit de voix leur parvient. Il semble provenir de l'autre côté du mur, à quelques mètres d'elles. Alice reconnaît rapidement les deux hommes qui parlent, ce sont ceux qu'elle a surpris en train de rôder dans le château quand elle était prisonnière de la tour ! Se déplaçant avec prudence, les jeunes filles se rapprochent les unes des autres.

— On attaque ici ? entendent-elles. Ça me paraît un bon coin. Passe-moi ta pioche, Cobb.

À ces mots, les hommes se mettent à la tâche avec pic, pioche et marteau. Des débris de pierre et des éclats de ciment tombent aux pieds des jeunes filles.

— Comment osent-ils ! s'emporte Marion tout bas. C'est un crime d'abîmer un si beau mur ! J'ai envie d'aller leur dire deux mots !

— N'oublie pas qu'on n'a aucun droit d'être ici. On est entrées en fraude, lui rappelle Bess dans un murmure. Et ils ont peut-être reçu des ordres.

Les jeunes filles attendent, blotties dans un renfoncement, quand un morceau de corniche très joliment sculpté se met à trembler. Si les hommes continuent à frapper à coups de pioche, il va s'écraser sur le dallage. Incapable de supporter cette idée, Alice s'avance et soutient la corniche, puis avec l'aide de Bess la dépose doucement sur une marche de pierre. Se redressant, elle écarquille les yeux de surprise. À l'emplacement du bout de corniche apparaît une longue fente. Osant à peine y croire, Alice y plonge la main. Ses doigts rencontrent un objet dur. Une boîte !

— Attention ! murmure Bess.

Au-dessus de la main de la jeune fille, la pointe d'un pic dépasse du mur. De l'autre côté, les hommes ne perdent pas leur temps. Bientôt, ils vont réussir à percer une large brèche.

Les jeunes filles comprennent qu'elles ne peuvent rester là plus longtemps. Alice s'empare de la boîte, qui est très lourde et, à pas de loup, toutes trois s'éloignent.

— Maintenant, ouvrons cette boîte ! propose Alice.

chapitre 18

Le Coin du Poète

Les mains tremblantes d'excitation, Alice soulève le couvercle de la boîte métallique, à demi rongée par la rouille. Malheureusement, une déception l'attend : il n'y a que des papiers et des photos à l'intérieur.

— C'est bien la peine de se donner autant de mal pour cacher ce genre de choses ! s'étonne Bess, dépitée.

— Tout n'est pas encore perdu, dit Alice. On n'a pas tout examiné.

Elle soulève la première photo. Celle-ci représente un homme d'âge moyen, le visage coupé par une large moustache. En bas, on peut lire : Paul Trabert et une date. Un détail retient l'attention d'Alice. À son poignet, l'homme porte une montre d'aspect peu courant.

— J'ai vu exactement la même chez Morinex... et c'est Hector Karoja qui la lui a vendue !

— Non ! laisse échapper Marion. Tu crois que...

— Je ne crois rien, mais c'est une curieuse coïncidence. Les Trabert la lui ont peut-être offerte, mais, dans ce cas, il n'y a aucune raison qu'il prétende que c'est un souvenir de sa famille, comme il l'a dit à Morinex...

— C'est bizarre, approuve Marion. Oh ! Tu as vu cette vieille photo ?

Elle représente une femme au doux visage et dont les oreilles sont ornées de pendentifs anciens.

— Ça non plus, ça n'est pas normal, juge Alice en examinant de plus près la photographie. Ces boucles d'oreilles sont aussi dans la boutique de M. Morinex !

Les jeunes filles passent rapidement en revue les autres photos et s'arrêtent sur un agenda de poche en cuir. Sur la page de garde, John Trabert a inscrit son nom ; plus loin, les dates portées en tête de certaines annotations remontent à quelques mois avant sa mort.

— Je crois qu'on tient l'objet le plus précieux de cette boîte ! déclare la jeune détective.

Elle feuillette l'agenda et, bientôt, lit à haute voix :

Aujourd'hui j'ai fait une découverte, qui va peut-être m'apporter la fortune. Sur les rives proches du château, il y a un très grand nombre

de pourpres. Ils contiennent une teinture d'excel-
lente qualité. Je procède à divers essais et
mélanges chimiques, et j'ai déjà obtenu six très
belles nuances d'une teinture, dont le prix de
revient sera infime.

— Où a bien pu passer cette teinture ? se
demande Alice tout haut.

— Continue à lire, insiste Bess. Tu trouveras
peut-être la réponse dans le carnet.

Sans plus songer aux deux hommes qui pour-
suivent leur tâche destructrice de l'autre côté du
cloître, la jeune fille suit le conseil de son amie.

— Tiens ! autre chose ! reprend-elle un
moment plus tard. Écoutez !

Je n'ai pas confiance dans mon nouveau chauf-
feur, Biggs. Je vais cacher les échantillons de tein-
ture jusqu'à ce que j'aie terminé mes essais.

— Est-ce qu'il précise où il les a dissimulés ?
s'enquiert Marion.

— Non. Apparemment, c'est la dernière note
qu'il a écrite.

— Quel dommage ! gémit Bess.

— On étudiera ce carnet plus tard. Maintenant,
il faut se dépêcher !

Juste à ce moment, de l'autre côté du mur, un
chien aboie. Les voix des deux hommes se rapprochent.

— Et si on passait de l'autre côté ? propose l'un d'eux.

— D'accord ! approuve l'autre. Autant en mettre un coup pendant qu'on y est.

Craignant d'être surprises, les jeunes filles reprennent leur course silencieuse dans le cloître, Alice serrant la boîte contre elle.

— C'est stupide ! murmure-t-elle bientôt. On aurait dû se diriger vers la plage. On va se retrouver bloquées si on part par là !

Effectivement, cent mètres plus loin, le cloître aboutit au château. La porte de communication est fermée.

— Qu'est-ce qu'on va faire ? se lamente Bess.

Pendant ce temps, les hommes sont passés de l'autre côté du mur et avancent maintenant à l'intérieur du cloître. D'un moment à l'autre, ils vont apercevoir les jeunes filles.

— Mettons-nous à l'abri, chuchote Bess. Mais où ?

À quelque distance du château se trouve un renfoncement assez large. Dans leur hâte, les jeunes filles ne lui ont accordé qu'un regard distrait au passage. En un éclair, Alice comprend que c'est leur seul espoir.

— Suivez-moi ! commande-t-elle.

Sur le fronton de l'arcade qui y donne accès, on lit ces mots, gravés dans la pierre : *Coin du Poète.*

— Il faut cacher cette boîte, sinon ces hommes la prendront s'ils nous attrapent ! murmure-t-elle.

Après une recherche fébrile, elle remarque une pierre disjointe, juste au-dessus d'un banc encastré dans le fond. Marion l'aide à la déplacer. Par une chance inespérée, un espace vide leur apparaît. Aussi vite qu'elles le peuvent, les deux amies y introduisent la boîte et remettent la pierre en place.

Les deux hommes, tout proches maintenant, s'arrêtent. Les jeunes filles s'aplatissent contre le mur, retenant leur souffle.

— On pourrait peut-être donner encore quelques coups de pioche dans le *Coin du Poète ?* dit l'un d'eux.

— Pour quoi faire ? On a déjà sondé les murs et il n'y avait rien dans la cachette derrière le banc.

— Ce que tu peux être paresseux, Cobb !

— Paresseux ! grommelle l'autre. Pour ce qu'on est payé, je ne vais pas faire de zèle...

Le premier homme éclate de rire.

— Ce qu'on a trouvé me suffit, je te l'ai déjà dit !

Un instant, les trois amies se croient sauvées. Malheureusement, il n'en est rien.

— Et alors ? insiste le premier homme. On essaie quand même ?

— Si ça peut te faire plaisir..., répond le dénommé Cobb.

chapitre 19

La pantoufle de Cendrillon

Une masse sur l'épaule, l'un des deux hommes fait un pas en direction du *Coin du Poète*.

— Je te rejoins dans une minute, Biggs ! lui crie l'autre. Je veux encore fouiller dans cette niche.

Biggs ! C'est donc l'ancien chauffeur des Trabert ? Mais alors, ce qu'il cherche, ce sont peut-être les fameuses fioles de teinture !

Il est maintenant à deux pas de leur cachette. Les jeunes filles n'osent plus respirer. Soudain, un bruit de pieds nus courant sur le dallage se fait entendre. Surpris, l'homme s'arrête. Dos au mur, Alice se glisse doucement jusqu'au bord de la voûte et reconnaît en Biggs l'homme qui a lancé des signaux du haut de la tour.

— Hé ! Viens vite ! crie une voix d'enfant. J'ai quelque chose à te montrer !

155

— Sale gamin ! maugrée Cobb à quelques pas de là. Je lui ai pourtant interdit de venir au château.

Et, furieux, il crie à l'adresse d'un jeune garçon qui arrive à bout de souffle :

— Qu'est-ce que tu fais là ? Tu vas déguerpir, oui ?

— J'ai quelque chose à te dire !

— Eh bien, dis-le ! Vite !

— Pas question ! Donne-moi d'abord des sous, je parlerai après, répond l'insolent.

— File !

— C'est peut-être important, intervient Biggs en tirant quelques pièces de sa poche et en les jetant d'un geste agacé au garçon. Et maintenant, dépêche-toi.

— Une partie du mur a été démolie, du côté de la rive. Et quelqu'un est entré par l'ouverture.

— Bien sûr, c'est par là qu'on passe d'habitude.

— Non, quelqu'un d'autre.

— Comment tu sais ça ? demande Biggs.

— Des pierres sont déplacées et il y a des empreintes sur le sol. Tu veux les voir ?

— Il vaudrait mieux, grogne Cobb, avec une pointe d'inquiétude dans la voix.

— Si la police est à nos trousses, je disparais ! déclare Biggs. Ne compte plus sur moi.

— Froussard ! réplique Cobb. Si quelqu'un est entré par ce passage, il sera bien obligé d'en sortir par le même chemin. Il suffit de se poster près de l'ouverture et de le surprendre à la sortie.

— Si tu crois que j'ai envie d'attendre toute la journée, tu rêves !

Les deux hommes suivent le jeune garçon et, bientôt, leurs voix s'estompent puis s'éteignent tout à fait.

— Je crois que c'était Jeddy Hooker, articule Alice.

Bess s'en moque ; elle ne songe qu'au moyen de sortir de la propriété.

— S'ils restent plantés à l'entrée du cloître, qu'est-ce qu'on va faire ?

— Tant qu'ils restent sur la berge, on est plus ou moins en sécurité. C'est plutôt pour Méptit que je m'inquiète. On n'a aucun moyen de le prévenir.

— On ne peut pas retourner sur la rive et on ne peut pas entrer dans le château, puisque la porte est fermée. On est prisonnières du cloître ! se lamente Bess.

— Réfléchis un peu au lieu de paniquer, la gronde Marion. Les hommes sont bien venus par quelque part.

Et elle traverse le cloître. Entre deux colonnes, à demi caché par la vigne vierge, un escalier mène à un petit jardin aussi abandonné aux caprices de la nature que le parc et, comme lui, entouré de hauts murs. Les trois jeunes filles inspectent le moindre recoin, à la recherche d'une

157

ouverture quelconque. Enfin Bess, au bord des larmes, s'effondre sur un banc de pierre.

— Bois un peu d'eau, ça te fera du bien, dit Marion en lui montrant une jolie fontaine.

Sa cousine suit aussitôt ce conseil.

— Elle est délicieuse ! s'exclame-t-elle, elle doit venir d'une source.

Les deux autres imitent son exemple et boivent dans leurs mains.

— C'est incroyable, je me sens en pleine forme maintenant ! déclare Bess.

Alice l'écoute à peine ; elle tient son regard fixé sur un endroit du mur, juste au-dessus de la fontaine. Puis, d'un geste impatient, elle écarte la vigne vierge et dévoile l'empreinte d'une pantoufle de femme. Au-dessous est gravé un mot :

CENDRILLON

— La pantoufle de verre avec laquelle Cendrillon a dansé toute une nuit ! s'écrie en riant Marion. Quelle idée !

— Pas si folle que cela, répond Alice absorbée dans de mystérieux calculs. Ça peut très bien être un hommage que John Trabert a rendu à celle qu'il aimait... Tu te souviens du message commençant par « Chère C » ?

— C pour Cendrillon, conclut Marion. Possible, mais beaucoup de prénoms commencent par un C.

À l'aide de sa main, Alice mesure la petite empreinte.

— Je suis sûre que c'est celle du chausson de danse de Floriane. Elle était connue pour avoir de tout petits pieds. En tout cas, c'est un signe de reconnaissance, et qui se trouve dans un vieux mur croulant !

Bess et Marion ne comprennent pas du tout où leur amie veut en venir.

— Je parle de la preuve mentionnée par John Trabert dans son testament, leur explique-t-elle. Je pense que c'est cette empreinte.

Bess s'apprête à répondre quand, soudain, Marion ordonne à ses amies de se taire. Un grincement de gonds se fait entendre dans le cloître.

— Vite ! cachons-nous. Quelqu'un vient !

Les trois jeunes filles gagnent rapidement un haut buisson, suffisamment épais pour les dissimuler, mais pas assez pour les empêcher de voir au travers. Un homme passe au pied du petit escalier. Son regard s'attarde un instant sur les tiges de vigne vierge qu'Alice a écartées. Le cœur de la jeune fille cesse de battre. C'est Hector Karoja !

Heureusement, l'avocat se remet en marche, mains croisées derrière le dos.

— Ouf ! soupire Alice. Et maintenant, dépêchons-nous ; la porte du château est peut-être restée ouverte !

Comme ses amies se précipitent vers cette issue, elle ajoute :

159

— Je vais chercher la boîte. On ne peut pas prendre le risque de la perdre. Elle est trop précieuse.

En hâte, elle gagne le *Coin du Poète* et retire la pierre.

— Vite, chuchote Bess, restée de garde à l'entrée du renfoncement.

Alice se saisit de la boîte, Marion replace la pierre et toutes trois arrivent bientôt devant la porte. Par bonheur, elle n'est pas fermée à clef. Mais quand Alice la fait pivoter, le bruit des gonds se répercute dans le cloître.

— Brrr ! laisse échapper Marion. Quel endroit sinistre !

Alice, qui commence à bien connaître les lieux, les guide sans encombre dans le couloir.

— Ouf ! s'exclame Bess en prenant pied sur une terrasse.

Mais elle s'arrête net.

— Oh non !

— Qu'est-ce qu'il y a ? demande Alice en refermant la porte.

À quelques mètres devant elles, les deux molosses grondent.

— Eh bien ! Vous ne me reconnaissez plus ? lance la jeune détective d'une voix enjouée.

Cependant, cette fois-ci, ses cajoleries restent sans effet. Les chiens ne laissent pas les jeunes filles quitter la terrasse.

— Qu'est-ce qu'ils ont ? s'étonne Alice. L'autre jour, ils se sont laissé amadouer.

Elle fait passer dans sa main gauche la boîte métallique qu'elle tenait dans la droite et l'attitude des chiens devient plus menaçante encore.

— Ah ! ce n'est que ça ? Ils croient que j'ai volé quelque chose dans le château !

Disant à ses amies qu'elle revient dans une minute, elle revient dans le couloir, enlève rapidement de la boîte les photos et les papiers, les glisse sous son pull et regarde autour d'elle, à la recherche d'une cachette. Voyant une petite porte, elle l'ouvre et dépose la boîte sur le sol. Soudain, elle tressaille. Quelqu'un marche dans le couloir.

En quelques enjambées, elle regagne la terrasse. Cette fois-ci, les molosses ne bougent pas.

— Partez devant, dit Alice à ses amies. Je vais occuper les chiens pendant que vous prendrez un peu d'avance.

Elles obéissent sans discuter. Trente secondes plus tard, leur amie les suit, les chiens sur ses talons. C'est alors qu'Hector Karoja apparaît sur la terrasse. De sa main libre, Alice se couvre aussitôt le visage, tandis que de l'autre elle retient les papiers sans cesser de courir.

— Hé ! Vous, là-bas ! hurle l'avocat. Arrêtez !

Alice n'en fait rien. Rattrapant ses amies, elle les pousse à accélérer.

— Vite, le mur !

chapitre 20

Pauvre vieux marin

Talonnées par les chiens, les jeunes filles courent à perdre haleine. La peur leur donne des ailes et elles escaladent le mur d'enceinte plus vite que jamais. Parvenues de l'autre côté, elles s'arrêtent enfin pour reprendre leur souffle.

— C'était moins une ! articule Alice, d'une voix tremblante. Hector Karoja m'a vue !

— Il t'a reconnue ? s'inquiète Bess.

— J'espère que non : j'ai mis la main devant mon visage.

— Et où est la boîte ?

— Je l'ai cachée. Mais, ne t'inquiète pas, j'ai gardé ce qu'il y avait dedans.

Et elle sort de dessous son pull les papiers, qui constituent une preuve irréfutable contre l'avocat.

— Bravo ! approuve Marion. Et maintenant, comment on va rejoindre le bateau ?

163

Les jeunes filles discutent de la marche à suivre. Le sort du vieux marin les inquiète.

— Il ne nous reste plus qu'à retourner en ville et à louer un autre canot, conclut la détective.

Marchant aussi vite que possible, les trois amies se dirigent vers la route nationale. Elles sont très loin de River City et très peu de voitures passent par ici.

— La dernière fois, j'ai attendu pendant des siècles, gémit Bess, avec son habituelle tendance à l'exagération.

Au bout de vingt minutes, Alice voit apparaître une voiture qui lui semble familière.

— C'est celle de Mme Masters ! s'écrie-t-elle au bout d'un moment. On est sauvées, les filles !

Elle fait de grands gestes et le véhicule s'arrête sur le bas-côté. La jeune femme paraît enchantée de cette rencontre.

— Montez ! dit-elle. Il n'y a pas beaucoup de place, mais ça devrait aller. Si je comprends bien, vous êtes allées vous promener dans le château Trabert, ajoute-t-elle, une lueur malicieuse dans les yeux.

— Oui, admet Alice. Je voudrais bien vous raconter, mais...

— Mais... c'est un secret professionnel. Je comprends parfaitement. Cela dit, vous pensez pouvoir retrouver Floriane avant qu'il ne soit trop tard ?

— J'ai rassemblé plusieurs indices, répond

Alice. Je suis sur une nouvelle piste en ce moment, avec mes amies et Méptit.

— Méptit ?

— Oui, le pêcheur de coquillages.

— Et on l'a laissé sur la rive de la Muskoka, intervient Bess. J'espère que cette bande d'escrocs ne s'en est pas prise à lui !

— Quels escrocs ?

— Aïe ! J'ai encore trop parlé ! s'exclame Bess en jetant à Alice un regard contrit.

Alice s'empresse alors de fournir quelques rapides explications et demande si un bateau de la police fluviale pourrait aller à la recherche du vieux marin.

— Pas de problème, assure le lieutenant de police. J'appellerai le poste fluvial dès qu'on sera à River City.

Elle explique ensuite à la jeune fille qu'elle comptait justement aller la voir afin de lui parler de Roseline Fenimore et de son ami Jeddy Hooker.

— Elle m'avait pourtant promis de ne plus jouer avec lui, se lamente Alice.

— Elle a sûrement essayé de tenir parole mais... ce Jeddy est un sacré garnement. Hier, je l'ai surpris en train de chercher à vendre une belle perle chez un bijoutier.

— Volée, sans doute ! s'écrie Alice, songeant à la sienne.

— Jeddy prétend que c'est Roseline qui la lui

a donnée. Et elle nie farouchement. Je ne sais plus ce qu'il faut penser...

— Quel dommage que Roseline soit mêlée à ces affaires ! Elle est si gentille.

— Jeddy a une très mauvaise influence sur elle, reprend le lieutenant de police. Vera Fenimore en a conscience et elle est prête à mettre la petite en pension, si je lui en trouve une.

— Ça ne doit pas être trop difficile, intervient Bess.

— Non, mais je préférerais la confier à une famille. Alice, vous ne connaîtriez pas quelqu'un qui accepterait de se charger d'elle pendant quelque temps ?

— Je vais en parler à Sarah, notre gouvernante. Elle a des cousins qui ont une ferme. Roseline serait heureuse là-bas.

— C'est exactement ce qu'il lui faudrait. La petite adore la nature et les bêtes, commente Mme Masters en arrêtant la voiture devant la maison des Roy. Si ça ne vous dérange pas, je vais téléphoner de chez vous pour qu'on aille chercher le vieux marin. Il doit commencer à s'impatienter.

La jeune femme appelle la police fluviale. Le sergent de garde lui répond qu'il va envoyer un homme, à condition que les jeunes filles l'accompagnent. Bien entendu, les trois amies acceptent cette proposition sans hésiter. Comme elles ressortent de la maison, M. Roy arrive.

— Attends, Alice, crie-t-il, il faut que je te parle.

— Ça vous ennuie d'y aller sans moi ? demande l'intéressée à ses amies.

— Aucun problème, du moment qu'on est sous la garde d'un policier, réplique Bess en riant.

— Téléphonez-moi dès votre retour !

Mme Masters conduit Marion et Bess à l'embarcadère de la police fluviale et leur dit au revoir. Les jeunes filles montent dans une vedette rapide pilotée par le sergent Carney. Bientôt elles arrivent en vue du château. À leur vif soulagement, elles aperçoivent le canot de location, qui se balance au bout de son ancre. En revanche, quand elles approchent, elles constatent que Méptit n'est pas dedans. Et sur la rive, elles ne voient pas non plus la silhouette du vieux marin.

Le sergent Carney et les deux cousines se dépêchent de rejoindre la terre ferme et se mettent à la recherche du vieux pêcheur. Ils commencent à désespérer de le retrouver lorsque Marion aperçoit enfin un corps étendu près de l'entrée du cloître. Elle se précipite. C'est Méptit. Comme elle se penche sur lui, il se redresse en se frottant la tête. La jeune fille remarque aussitôt qu'il a du sang sur le visage et la chemise.

— Vous êtes blessé ? s'exclame-t-elle.

À ce cri, Bess et le sergent Carney accourent. Pourtant, le vieux marin se relève et affirme qu'il se sent tout à fait bien.

— Où est Alice ? s'enquiert-il aussitôt.

— Chez elle, le rassure Bess.

— Chez elle ? Mais comment ? Elle n'est quand même pas sortie par là ? dit-il en tendant le doigt vers la brèche du mur.

— Non. Par la route, explique Marion. Je vous raconterai ça en chemin. Venez. Où est votre barque ?

— Ces brutes qui m'ont écrabouillé le nez l'ont prise.

Le sergent aide le vieux marin à gagner le canot loué par Alice, puis remonte dans sa vedette.

— Et maintenant, Méptit, racontez-nous ce qui vous est arrivé, le presse Marion, tandis que leur embarcation navigue vers River City.

— Eh bien, j'étais en train de pêcher des coquillages, quand deux hommes et un gosse sont sortis de je ne sais où. Ils m'ont demandé qui était dans le parc Trabert.

— Vous ne le leur avez rien dit, j'espère ? s'inquiète Bess.

— Malheureusement, si. J'ai répondu sans réfléchir : « Alice Roy et deux de ses amies. » D'accord, c'était vraiment stupide de ma part. Ils étaient furieux, ils m'ont ordonné de décamper, en hurlant qu'ils allaient s'occuper de vous.

— Et alors ?

— Alors j'ai essayé de les en empêcher, mais ils étaient plus têtus que des mules. L'un d'eux a même dit qu'Alice Roy était une sale petite peste, qui ferait mieux de se mêler de ses affaires. Ça m'a rendu fou et je lui ai balancé un bon coup de poing dans la figure.

— C'était gentil de votre part de prendre la défense d'Alice, mais pas très prudent : ils étaient trois contre un.

— Je m'en suis vite aperçu ! On s'est bagarrés et... j'ai perdu, convient le vieux marin, penaud. Et puis, un des hommes a dit qu'il allait faire arrêter Alice.

— Il faut la prévenir tout de suite ! déclare Marion en accélérant.

De son côté, après avoir assisté au départ de ses amies et de Mme Masters, Alice déjeune avec son père. Elle lui montre les photos et le carnet, lui parle de l'empreinte gravée dans le mur du parc et des agissements de Cobb, Biggs et Hector Karoja.

— Tu n'as pas perdu ton temps ! admire M. Roy. Ce que j'ai à t'apprendre va te paraître insignifiant à côté de tes aventures de ce matin.

— Ça m'étonnerait ! Dis-moi vite ! insiste Alice.

— C'est au sujet de l'infirmière qui a soigné Floriane.

— Émilie Foster ?

— Oui. J'ai enfin trouvé son adresse. Elle est d'accord pour te rencontrer demain matin. Elle te dira tout ce qu'elle sait.

chapitre 21

Sur les traces de Floriane

— C'est vrai ? Mais c'est génial ! s'écrie Alice transportée de joie. Où est-elle ? Comment est-ce que tu l'as retrouvée ? Elle t'a dit quelque chose sur Floriane ?

— Hé ! Du calme ! Une seule question à la fois ! dit en riant M. Roy. Je ne lui ai parlé que par téléphone, et je ne suis pas entré dans les détails.

— Elle est ici ? En ville ?

— Non. J'ai consulté plusieurs registres d'infirmières et j'ai appris qu'elle travaillait à Hampton. Elle sera libre demain matin et elle a promis de nous rejoindre à l'hôtel.

— Alors, on repart ensemble à Hampton ?

— Si tu veux bien m'accompagner. J'ai des affaires à traiter là-bas.

— Si je veux bien ? répète la jeune fille. Bien

sûr que je viens avec toi ! Tu te rends compte si on pouvait retrouver Floriane demain ?

— Ne rêve pas trop, ma chérie. L'infirmière n'a peut-être pas la moindre idée de ce qu'est devenue sa patiente. Même si elle nous met sur une piste sérieuse, n'oublie pas que le délai fixé par John Trabert expire bientôt.

— Je sais bien..., soupire Alice. Si je ne résous pas cette affaire dans les jours qui viennent, le château Trabert reviendra à l'État...

— Raison de plus pour se dépêcher. On part dans l'après-midi, d'accord ?

— C'est d'accord, conclut Alice.

Juste après le repas, la jeune fille s'entretient de Roseline avec Sarah. Celle-ci téléphone aussitôt à sa cousine, Mme Davis, qui ne demande pas mieux que de prendre la petite fille dans sa ferme.

Quant à M. Roy, il se rend au commissariat et fait un compte rendu de ce que sa fille a vu et entendu au château Trabert. Finalement, il demande au commissaire d'ordonner une enquête sur Biggs et Cobb.

— Je m'en occupe, promet le commissaire.

Quand M. Roy revient chez lui, Alice est déjà prête. Elle le prie de s'arrêter au passage chez les Fenimore. À sa vive surprise, elle trouve la malade de très bonne humeur.

— Les Hooker ont déménagé ! dit-elle tout de suite. Roseline et Jeddy vont être séparés et je vais pouvoir garder ma petite fille. J'en suis si contente !

Alice jette un coup d'œil interrogateur à son père qui, d'un signe de tête, lui fait comprendre qu'il ne vaut mieux pas parler du projet élaboré avec Sarah.

— Vous savez pourquoi ils sont partis ? demande-t-elle.

— Non. Ça s'est fait très vite.

Vera Fenimore leur raconte ensuite que Jeddy a beaucoup fanfaronné ces derniers temps. Il a raconté à Roseline que son père était un homme formidable, qui savait gagner de l'argent sans travailler.

— Je n'ai jamais vu M. Hooker, déclare Alice, que ce récit intéresse vivement. Vous pouvez me le décrire ?

— Cobb Hooker est grand, il a un visage froid et s'habille de façon très négligée.

— Vous avez dit Cobb Hooker ? s'exclame Alice.

— Oui. Pourquoi ?

— Pour rien. Vous avez d'autres détails sur la famille Hooker ?

— Il y a une chose qui m'a intriguée, admet la jeune femme. Jeddy a raconté à Roseline qu'il savait où il y avait un trésor caché.

— Un trésor caché ! répète la jeune détective, qui commence à entrevoir la vérité. Madame, est-ce que Roseline a parlé à Jeddy de Floriane et de la propriété Trabert ?

— Plus d'une fois ! s'exclame la jeune femme. Ma fille en parle à qui veut bien l'entendre. C'est devenu une obsession chez elle.

— À tous les coups, Jeddy a raconté l'histoire à ses parents..., intervient M. Roy.

— Je ne sais pas. Mais le petit a raconté à Roseline qu'il connaissait bien le château. Et il lui a interdit de le répéter à qui que ce soit.

Les Roy s'abstiennent de tout commentaire. Quelques minutes plus tard, ils prennent congé de la malade. En montant en voiture, Alice fait part à son père de ses soupçons concernant Cobb Hooker.

— Jusqu'à présent, je croyais que Cobb était le nom de famille du complice de Biggs. Je n'ai pas pensé une seule seconde qu'il pouvait être le père de Jeddy. Mais il faut bien admettre que Cobb n'est pas un prénom très courant. Tu ne crois pas qu'on devrait passer au commissariat ?

— En vitesse alors, sinon, on ne sera jamais à Hampton avant la nuit.

Leur visite au commissariat se révèle fort utile. Le commissaire lui-même informe M. Roy que Cobb Hooker a un casier judiciaire. Il a purgé une peine de trois ans de prison pour vol dans une autre ville.

— Vous avez une photo de cet homme ? demande l'avocat.

Le commissaire va chercher le dossier. Alice reconnaît sans hésitation l'homme qui a heurté avec sa vedette le canot à moteur qu'elle pilotait et qu'elle a ensuite aperçu avec le dénommé Briggs dans la propriété Trabert.

— Si vous portez plainte contre lui, on pourra le faire arrêter sans problème, dit le commissaire.

M. Roy marque une légère hésitation.

— Il ne vaut mieux pas aller trop vite je crois. On en apprendra plus en le faisant suivre pendant quelques jours par un de vos hommes.

— C'est une excellente idée. Je vais ordonner sa filature.

Deux heures après le départ d'Alice et de son père, Bess et Marion arrivent chez les Roy, très agitées. Lorsque Sarah leur apprend que leur amie a quitté la ville, elles poussent un soupir de soulagement.

— Un nouvel ennui ? interroge la gouvernante.

— Oui ! Et il est de taille ! Quelqu'un veut faire arrêter Alice !

— Qui ?

— Aucune idée. C'est Méptit qui l'a entendu.

La confirmation de la menace ne se fait pas attendre. Dans la soirée, un policier se présente chez les Roy pour venir chercher Alice. Heureusement, Sarah a préparé sa réponse.

— Mlle Roy n'est pas ici, dit-elle. Je ne sais

pas quand elle reviendra. Elle sera peut-être absente quelques jours.

À plusieurs kilomètres de là, Alice, qui ne se doute pas le moins du monde qu'on veut l'arrêter, arrive avec son père à l'hôtel de Hampton. Le lendemain matin, ils attendent Émilie Foster dans le hall avec impatience. À dix heures, celle-ci n'est pas encore arrivée et la jeune détective ne tient plus en place. Enfin, à dix heures et demie, l'infirmière entre. Les Roy vont immédiatement à sa rencontre et, très gentiment, Émilie Foster les prie de l'excuser.

— Je suis vraiment désolée de vous avoir fait attendre, mais la collègue qui me remplace n'est pas très ponctuelle.

L'infirmière est une femme d'une cinquantaine d'années, au regard direct et au sourire agréable. Elle entre tout de suite dans le vif du sujet.

— En quoi est-ce que je peux vous aider ? demande-t-elle.

— Comme je vous l'ai expliqué au téléphone, nous cherchons à retrouver une certaine Flossie Demott, plus connue sous le nom de Floriane, commence l'avocat.

— Oui, et vous m'avez parlé d'une malade, qui a été grièvement blessée dans un accident de voiture il y a une dizaine d'années. Elle m'a dit qu'elle s'appelait Mlle Lafleur.

— Vous pouvez nous parler d'elle, s'il vous

176

plaît ? Nous pensons qu'il s'agit de la personne que nous recherchons.

— C'était une très belle femme, simple et pourtant si gracieuse. J'ai eu tout de suite l'impression qu'elle avait menti sur son identité.

— Qu'est-ce qui vous l'a fait penser ? questionne l'avocat.

— Quelques remarques qui lui ont échappé par-ci, par-là. Et puis, elle ne recevait jamais de visite, ni de lettres. Elle n'a pas voulu qu'on avertisse qui que ce soit de son accident. Elle disait tout le temps : « Je ne veux pas qu'on le sache. Pas tant que je ne serai pas guérie. »

— Elle croyait qu'elle se rétablirait tout à fait ? demande vivement Alice.

— Au début, oui. Puis il a bien fallu que le chirurgien lui dise la vérité... C'est-à-dire qu'elle resterait handicapée.

— Elle a réagi comment ? dit M. Roy.

— Elle a pleuré pendant des jours, en disant des choses bizarres. Je me rappelle l'avoir entendue sangloter : « Ta petite Cendrillon ne dansera plus jamais. » C'était bouleversant !

Cendrillon ! Ainsi, les déductions d'Alice sont justes. Elle est sur la bonne piste.

— Où est-elle allée en sortant de l'hôpital ? continue l'avocat.

— Je ne sais pas, confesse Mlle Foster à regret. Je crois qu'elle comptait se retirer à la campagne, aux environs de Plainville.

177

— Pourtant, elle ne devait pas avoir beaucoup d'argent sur elle, s'étonne M. Roy. Quand on l'a emmenée à l'hôpital, elle n'avait pas son sac, si je ne m'abuse.

— C'est vrai, mais elle avait de l'argent dans une poche. Remarquez, après avoir payé sa note de soins, il ne lui restait sans doute pas grand-chose.

— Il a bien fallu qu'elle gagne sa vie, d'une manière ou d'une autre, commente Alice. Vous n'avez aucune idée de ce qu'elle comptait faire ?

— Pas la moindre.

— Mlle Lafleur... C'est peut-être une indication. Floriane aimait beaucoup le jardinage.

— Ma pauvre malade aussi. Elle me demandait souvent de lui apporter des revues de jardinage. Et je me rappelle que, le jour même de sa sortie, elle a découpé une annonce dans un journal et...

— Et ? interroge Alice, voyant l'infirmière hésiter.

— Ça n'a probablement aucun rapport, mais cette annonce concernait la mise en vente d'une petite ferme maraîchère, connue sous le nom de *Ferme des Poiriers*.

— Elle se trouve où ? demande la jeune détective, avec empressement.

— Je crois qu'il y a une *Ferme des Poiriers* près de Milton, à une quinzaine de kilomètres d'ici. Mais je ne peux pas vous affirmer que c'est celle-là.

Alice se tourne vers son père, le regard plein d'espoir.

— J'ai compris, dit-il en souriant. On va y aller aujourd'hui même. Ça ne servira peut-être à rien ; pourtant, quelque chose me dit qu'on ne va pas tarder à retrouver Floriane !

chapitre 22

La recluse

Alice et son père remercient vivement Mlle Foster et prennent aussitôt la route pour Milton. Dans le petit village, tout le monde connaît la *Ferme des Poiriers,* réputée pour ses fruits et ses légumes. Cependant, on ne peut fournir aux Roy aucun renseignement sur sa propriétaire.

— Maintenant que j'y pense, je crois bien que personne n'a jamais vu Mlle Lafleur au village, déclare le pompiste de la station-service à laquelle ils s'arrêtent. Elle a acheté la ferme il y a environ dix ans, et elle n'en est plus jamais sortie.

— Comment fait-elle pour vendre les produits de sa ferme, alors ? s'étonne M. Roy.

— Elle envoie ses ouvriers agricoles à la ville. Elle les a engagés dès son arrivée et il paraît qu'ils lui sont tout dévoués ; elle leur demande d'être d'une discrétion absolue.

M. Roy se fait indiquer le chemin de la ferme. Elle est située à environ trois kilomètres de là, un peu en retrait de la route.

— Vous verrez une grande pancarte sur laquelle est écrit : « Ferme des Poiriers. Entrée interdite. » Et je vous assure qu'on ne se risque pas d'entrer sans y être invité !

Alice et son père se remettent en route, pleins d'espoir. Ils sont sûrs de toucher enfin au but. Bientôt, ils arrivent devant la pancarte. Une jolie porte de bois, flanquée de hautes haies épineuses, barre l'entrée de la ferme. M. Roy ouvre les deux vantaux, puis conduit la voiture le long d'une allée sinueuse. Alice et lui aperçoivent une coquette maison blanche, entourée de parterres fleuris. Un peu plus loin, un verger et deux champs où poussent de beaux légumes alignés. Soudain, deux hommes en salopette bleue se placent en travers du chemin. M. Roy est obligé de s'arrêter.

— Vous n'avez pas le droit d'entrer ici ! déclare l'un d'eux d'un ton agressif. Vous n'avez pas lu la pancarte ?

— Nous voulons voir la propriétaire de la *Ferme des Poiriers,* déclare M. Roy. C'est pour une affaire urgente.

— Désolé. Elle ne peut pas vous recevoir.

Mécontent, M. Roy s'apprête à avancer tout de même jusqu'à la maison, quand Alice intervient.

— Vous rendriez un grand service à votre

patronne en l'avertissant de notre visite, dit-elle avec un charmant sourire. Mlle Lafleur a hérité d'une grosse fortune, seulement il faut qu'elle la réclame dans les quatre ou cinq jours à venir, sinon, elle perdra tout.

Les deux hommes la regardent avec suspicion.

— C'est vrai ? demande l'un d'eux.

— Oui, confirme M. Roy en se présentant. Vous voulez bien prévenir Mlle Lafleur que nous voulons lui parler ?

— Elle n'est pas ici.

Alice et son père restent confondus.

— Pourtant, au village, on nous a dit qu'elle ne sortait jamais de la ferme !

— Oui, parce qu'elle est handicapée. Quand elle a repris l'exploitation, il y a dix ans, il fallait encore la pousser dans une chaise roulante. Maintenant, elle se déplace seule, mais elle n'aime pas qu'on la voie, alors elle ne quitte jamais la propriété. Pourtant, hier soir, un monsieur de l'administration est venu la chercher et il a bien fallu qu'elle le suive. Il l'a emmenée en voiture.

— Il a donné son nom ? demande vivement M. Roy.

— À Mlle Lafleur, peut-être. Pas à nous. D'ailleurs on ne l'a même pas vue partir, elle nous a laissé un mot.

— Qu'est-ce qu'elle a écrit ? s'enquiert Alice.

— Qu'elle devait partir à cause d'une affaire

d'impôts. Pourtant, elle ne doit rien, c'est sûr. Elle est d'une honnêteté irréprochable. Mais l'homme a affirmé qu'elle avait fait une fausse déclaration et qu'elle risquait la prison.

— Tout ça me paraît bizarre, dit M. Roy. Même si Mlle Lafleur a commis une erreur dans ses calculs, elle ne peut pas être condamnée sans jugement. Normalement, elle aurait dû recevoir une lettre lui demandant de se présenter chez le contrôleur.

— Papa, intervient Alice, levant vers son père un regard angoissé, je suis sûre que quelqu'un a enlevé Mlle Lafleur. Il faut faire quelque chose sans tarder !

— Je vais téléphoner au contrôleur des impôts.

Comprenant que M. Roy et sa fille sont de bonne foi, les deux jardiniers les conduisent dans la petite maison. Tandis que M. Roy s'entretient avec le contrôleur, sa fille examine la note laissée par Mlle Lafleur. Quand l'avocat raccroche, son visage est grave.

— C'est bien ce que je craignais. Le contrôleur n'a rien à reprocher à Mlle Lafleur. L'homme qui s'est présenté ici est un imposteur.

La nouvelle se répand rapidement dans la petite ferme. Tous les employés aiment beaucoup leur patronne ; ils supplient M. Roy d'alerter la police et de suivre personnellement l'affaire. L'avocat le leur promet et les prie de lui faire une description aussi précise que possible de l'homme qui a enlevé Mlle Lafleur. Ils ne peuvent lui fournir qu'un signalement assez vague : grand, d'âge moyen, l'inconnu porte une barbe et des lunettes noires.

— Il s'était déguisé, bien sûr, conclut Alice.

Les Roy se rendent au commissariat de Milton, où ils font un compte rendu de l'enlèvement, puis ils regagnent l'hôtel de Hampton. Malheureusement, une autre surprise fâcheuse les y attend. En passant dans le hall, M. Roy déplie un journal de River City. Un gros titre attire aussitôt son regard. Il ne peut retenir un cri de surprise.

— Qu'est-ce qu'il y a ? demande sa fille.

L'avocat lui tend le journal et du doigt lui montre l'article.

Une célèbre danseuse revient à temps pour réclamer l'héritage Trabert.

Le journaliste explique qu'après de longues recherches Hector Karoja a enfin retrouvé la disparue, Floriane, qui loge à l'heure actuelle à l'Hôtel de la Cloche, à River City. Pour des raisons personnelles, la danseuse était partie pour l'étranger, où elle a eu de nombreux engagements ; puis elle a épousé un danseur sud-américain, José Fernandez, et a adopté le nom de son mari, sous lequel elle est maintenant connue en Amérique du Sud.

L'auteur de l'article félicite chaleureusement

Hector Karoja, grâce à qui cette grande artiste va entrer en possession d'une immense fortune.

— Ce n'est pas possible..., soupire Alice, c'est un complot pour qu'une complice de Karoja récupère l'héritage.

— Ça ne fait aucun doute ! convient M. Roy.

Le père et la fille déjeunent rapidement et reprennent la route. Ils sont convaincus que l'avocat sans scrupule n'a pas hésité à présenter une femme ayant une vague ressemblance avec Floriane. Lorsque sa complice aura récupéré l'héritage, il lui donnera une somme rondelette et s'appropriera le reste.

— Pauvre Mlle Lafleur ! déclare Alice tristement. Je suis sûre que c'est elle, Floriane ! Où est-ce qu'ils l'ont emmenée ?

Vers la fin de l'après-midi, les Roy entrent dans River City. M. Roy s'arrête à son bureau, où il a plusieurs questions à régler, et il confie sa voiture à sa fille.

« Je vais passer chez Mme Fenimore, se dit la jeune fille, j'aimerais savoir si elle est au courant de ce qui vient de se passer. »

Quand Alice entre dans la petite maison, la jeune femme et Roseline sont déjà en train de préparer le dîner. La petite fille veut aussitôt inviter son amie, mais la détective refuse et entre dans le vif du sujet sans attendre. Mme Fenimore n'a rien lu ni entendu de cette extraordinaire nouvelle.

— Comment ! On a retrouvé ma sœur ? Mais

c'est merveilleux ! s'écrie la jeune femme, sans se douter une seconde qu'il pourrait s'agir d'une supercherie. Pourquoi est-ce qu'elle n'est pas encore venue me voir ? S'il vous plaît, conduisez-moi auprès d'elle.

Roseline joint sa voix à celle de sa mère et veut à tout prix l'accompagner. En hâte, elles enfilent leurs plus jolies robes et montent dans la voiture d'Alice, qui prend aussitôt le chemin de l'Hôtel de la Cloche.

— Mme Fernandez ? répète le réceptionniste après Alice. Je vais demander si elle peut vous recevoir.

Mme Fenimore est tellement nerveuse qu'elle n'arrive qu'à grand-peine à dominer son impatience. Elle pâlit, ses traits se crispent. Alice la fait asseoir et s'efforce de la calmer. Au bout de dix minutes, enfin, on fait dire aux visiteuses que Mme Fernandez les attend, chambre n° 22.

— Entrez ! lance une voix quand elles frappent à la porte.

Floriane Fernandez est étendue sur le lit, adossée à plusieurs oreillers aux taies finement brodées. Elle porte une ravissante robe rouge qui met en valeur ses cheveux noirs et sa peau laiteuse.

— Bonjour, ma chérie ! s'écrie-t-elle en regardant Mme Fenimore. Vera, comme je suis contente de te revoir ! C'est Roseline, ta petite fille, non ? Elle est adorable ! Et qui est cette charmante jeune fille ?

Floriane s'exprime lentement, comme si elle cherchait ses mots. Quant à Mme Fenimore, elle est si émue qu'elle ne parvient pas à articuler un son. Roseline s'accroche à sa mère. Alors, Alice se décide à briser le silence, qui devient pénible.

— Je suis Mlle Roy.

— Mlle Roy ? répète la danseuse en prenant une expression perplexe. Ah ! oui, ce cher Hector Karoja m'a dit que vous étiez une excellente amie de Vera.

— Floriane, tu as tellement changé ! bégaie enfin Mme Fenimore.

S'approchant du lit, elle s'apprête à embrasser la danseuse, mais celle-ci se recule.

— Je suis célèbre maintenant ! affirme Floriane fièrement. Beaucoup plus célèbre qu'avant. Et si tu voyais mon mari ! C'est l'un des meilleurs danseurs de toute l'Amérique du Sud ! Mais quel travail ! Quelle vie ! Avec cette fortune, on va pouvoir rentrer dans notre pays, et se faire construire une maison somptueuse.

En réalité, la rencontre des deux sœurs tourne court. Vera Fenimore est tellement bouleversée par le changement survenu chez sa sœur qu'elle ne trouve rien à lui dire. Roseline se contente d'ouvrir de grands yeux en se serrant contre sa mère. Alice, plus soupçonneuse que jamais, cherche quant à elle à pousser la soi-disant danseuse à se trahir.

— J'aimerais beaucoup savoir ce que vous

avez fait pendant toutes ces années. J'ai l'impression que vous avez du mal à parler anglais.

— Ça fait si longtemps que je vis en Amérique du Sud et que je ne parle plus qu'espagnol... J'en ai presque oublié ma langue maternelle.

— Vous êtes allée là-bas dès votre départ de River City ?

— Oui. Quand j'ai rencontré José, qui était venu aux États-Unis avec une troupe de ballet, ça a été un coup de foudre. Et puis j'adorais danser avec lui. Alors, on a décidé de se marier et, comme je n'ai pas osé l'avouer à John, j'ai préféré m'enfuir.

— En revanche, ça ne vous gêne pas de venir réclamer sa fortune maintenant ! ne peut s'empêcher de commenter Alice, tant elle est écœurée par cette attitude cynique.

— Et pourquoi pas ? M. Karoja m'a promis que je serais riche. On ne refuse pas la fortune !

— Vous avez sans doute l'intention de remettre le parc en état et de restaurer le château ? continue la jeune détective.

Le joli visage de la danseuse s'assombrit.

— Certainement pas. Hector Karoja veut bien se charger de vendre la propriété. Il paraît qu'il a déjà un acheteur en vue.

— Mais, Floriane ! proteste Mme Fenimore. Tu vas rester un peu à River City ! Au moins quelque semaines. Roseline et moi, on a tellement besoin de toi !

— J'ai ma carrière. Une grande étoile ne peut pas rester attachée à sa famille. Mais on se reverra, ma chérie, c'est promis.

Profondément blessée de se voir congédiée si sèchement, Mme Fenimore se dirige, tête basse, vers la porte ; le désespoir se lit sur son visage.

— Tes cheveux, Floriane..., dit-elle en se retournant vers la jeune femme. La dernière fois que je t'ai vue, ils...

— Je les ai teints en noir pour ressembler à une hispanique, répond vivement la danseuse.

Plus aucun doute ne subsiste dans l'esprit d'Alice : cette femme n'est pas la véritable Floriane !

— Comment allez-vous prouver que vous avez droit à la fortune Trabert ? demande-t-elle cependant avant de partir.

— J'ai confié toutes mes pièces d'identité à M. Karoja. Et puis, je vais vous montrer quelque chose !

Et Floriane tire de sa table de chevet un morceau de papier déchiré. Quand elle le lui tend, Alice comprend sur-le-champ que c'est l'autre moitié du message qu'elle a trouvé dans l'usine Trabert !

le se
j'ai caché

190

me rendra
Alors je serai
Avec toute
JOHN.

La jeune détective n'a pas sur elle l'autre moitié de la feuille, mais elle en connaît le contenu par cœur. Elle n'a aucune peine à rétablir le texte entier de mémoire.

<pre>
                Chère C
                Un jour
        le se   cret que
   j'ai caché   dans un mur
   me rendra   célèbre.
Alors je serai   digne de toi.
  Avec toute   ma tendresse.
        JOHN.
</pre>

Ce message semble indiquer que John Trabert n'a donc ni exploité ni vendu la découverte qu'il a faite ; au lieu de cela, il a caché ses extraits de teinture dans un mur jusqu'à ce qu'il ait suffisamment expérimenté la formule pour être sûr de sa valeur. Floriane était alors une danseuse très connue. Il espérait se faire un nom dans le monde industriel afin d'être « digne » d'elle.

— Vous n'avez pas l'autre partie du message ? demande Alice en rendant le morceau de papier à Mme Fernandez.

191

— Non, je l'ai perdu il y a longtemps. Je ne me souviens même pas de ce qu'il contenait.

— M. Trabert ne vous donnait pas de surnom ? continue la jeune fille, au risque de paraître indiscrète.

— Non, il aimait bien Floriane.

Cette réponse satisfait pleinement la jeune fille, qui suit Mme Fenimore et Roseline hors de la chambre.

À peine la porte refermée, la petite fille déclare avec une moue dépitée :

— Je n'aime pas ma tante.

— Chut ! lui intime sa mère. Elle peut t'entendre.

Dans la voiture, Alice demande à la jeune veuve si elle est convaincue que Mme Fernandez est sa sœur.

— Je n'en sais rien, je ne sais plus rien ! répond-elle en pleurant. Elle a tellement changé ! Et puis ça fait si longtemps qu'on ne s'est pas vues. Par certains côtés, elle ressemble à Floriane ; elle a la même taille, la même silhouette mince, les mêmes traits et le même timbre de voix. Mais elle est tellement différente avec ses cheveux noirs, ils lui donnent une expression plus dure.

— J'ai remarqué que Mme Fernandez avait de très grands pieds. Elle chausse au moins du 42.

— Ce n'est pas possible ! s'exclame

Mme Fenimore. Floriane avait de tout petits pieds !

— C'est bien ce qu'il me semblait.

— Vous êtes en train de me dire que cette femme n'est pas ma sœur ?

— J'en ai peur.

— Mais il faut la démasquer, alors !

— Je vais faire tout ce que je peux. Mais ce n'est pas ça qui vous rendra votre vraie sœur. Et je veux la retrouver !

— Vous n'avez rien appris de nouveau ? demande la mère de Roseline.

Alice se contente de dire qu'elle suit une piste, sans donner plus de détails.

— S'il vous plaît, mademoiselle, ne nous abandonnez pas. Si Flossie n'hérite pas de ce domaine, tant pis ! Ce que je veux, c'est la revoir.

Alice lui promet de poursuivre les recherches sans relâche et, après avoir ramené les Fenimore, elle se rend au commissariat pour s'informer de Cobb et de Biggs. Or, c'est justement ce qu'Hector Karoja espérait. Inconsciente de ce qui l'attend, la jeune fille entre, le sourire aux lèvres, dans le poste de police.

— Mademoiselle Roy ! s'écrie le sergent de service. On vous cherchait ! J'ai ordre de vous arrêter !

chapitre 23

Les oubliettes

Éberluée, Alice parvient à peine à articuler :

— M'arrêter, moi ? Mais pourquoi ?

Le sergent sort d'un tiroir le mandat d'arrêt et en lit le texte à haute voix. Alice est citée à comparaître pour s'être introduite illégalement dans le domaine Trabert, y avoir commis des dégradations et volé des objets précieux.

— Qui a déposé la plainte ? demande la jeune fille.

— M. Karoja, l'avocat.

— Il ne manque pas de culot celui-là ! Appelez Mme Masters tout de suite, elle vous expliquera tout. Et téléphonez à mon père aussi ! s'emporte Alice.

Peu après, M. Roy arrive, suivi bientôt par le lieutenant de police. Il s'entretient à part avec elle et le commissaire. Enfin, on fait appeler Alice pour qu'elle puisse présenter sa version des faits. Elle raconte ce qu'elle a entendu et vu au château, expose ses raisons de croire que Karoja, Biggs et Cobb sont complices dans une sombre affaire. Elle laisse entendre que, si l'avocat a déposé cette plainte contre elle, c'est tout simplement pour l'empêcher de poursuivre son enquête.

— C'est bien possible, convient le commissaire. Je vais lui téléphoner.

Cependant, Hector Karoja est injoignable ; le commissaire est donc obligé de donner suite à la plainte. Après de longues discussions, il autorise toutefois Alice à rentrer chez elle, à condition qu'elle se présente le lendemain matin au commissariat.

Les Roy parlent longuement ce soir-là. Pour finir, M. Roy conseille à sa fille de prendre un peu de repos. Elle se couche, mais ne parvient pas à trouver le sommeil. Toute la nuit, elle réfléchit, s'efforçant d'assembler les différentes pièces du puzzle.

Au petit jour, avant même que son père et Sarah ne soient réveillés, elle descend sans bruit à la cuisine, se prépare un petit déjeuner, qu'elle prend en hâte, écrit un mot à l'intention de son père et se rend au commissariat. Le sergent de service lui fait remarquer qu'elle paraît fatiguée.

— Vous n'aviez pas besoin de vous présenter si tôt, déclare-t-il.

— Je n'ai pas fermé l'œil de la nuit, répond Alice, mais j'ai réfléchi. Dès que Mme Masters arrivera, j'aimerais qu'elle m'accompagne quelque part.

Quelques minutes plus tard, le lieutenant de police entre.

— Madame, est-ce que vous voulez bien venir avec moi au château Trabert ? C'est là que se trouve la clef du mystère.

À la requête d'Alice, Mme Masters donne l'ordre à plusieurs policiers de les accompagner. Certains reçoivent pour mission de surveiller les diverses issues du parc et d'interroger tous ceux qui voudraient y entrer ou en sortir, d'autres de faire des rondes tout autour du mur d'enceinte.

— Maintenant, expliquez-moi ce que vous espérez découvrir là-bas, demande le lieutenant de police tandis qu'elles roulent vers le château.

— Je suis convaincue qu'Hector Karoja, ou un de ses complices, a enlevé la vraie Floriane. Il la retiendra jusqu'à ce que cette Mme Fernandez ait reçu l'héritage. Quand il aura ainsi récupéré une belle somme d'argent, Karoja disparaîtra.

— Là où je ne vous suis plus, c'est pourquoi vous voulez revenir au château. Vous croyez que Floriane y est séquestrée ?

— Oui. Je me trompe peut-être, mais je ne vois pas d'autre raison pour laquelle Karoja m'aurait fait arrêter. Il a découvert que j'étais sur la piste de Mlle Lafleur, la véritable Floriane, et il s'est dépêché de l'écarter de mon chemin. Quel meilleur endroit pour la retenir que ce château où personne d'autre que lui n'a le droit d'entrer ?

Entre-temps, elles sont arrivées à la grille du parc.

— Ce qui m'inquiète, c'est de trouver comment on va s'introduire dans le château lui-même, murmure Alice quand elles ont escaladé le mur d'enceinte. Et encore, on a de la chance que les chiens ne soient pas là aujourd'hui.

— On forcera une serrure s'il le faut, répond Mme Masters. Vous avez la loi avec vous.

Rassurée, la détective conduit sa compagne à l'entrée principale du château. À sa grande surprise, elle constate que la porte est entrebâillée.

— Pourvu qu'Hector Karoja ne soit pas là, ou Cobb et son ami Biggs !

Cependant, les deux jeunes femmes ont beau tendre l'oreille, elles n'entendent pas le moindre bruit. À pas de loup, elles s'avancent dans le vestibule, longent le couloir et atteignent le jardin intérieur par lequel on peut accéder aux tours. Alice essaie d'ouvrir la porte de celle où elle a vécu des heures angoissantes. La poignée tourne sans difficulté.

— Regardez, dit Alice, il y a une trappe dans le plancher ; l'autre jour je n'ai pas pu la soulever mais, à nous deux, on y arrivera sûrement. Par contre, je ne sais pas du tout où elle mène.

La tâche n'est pas aisée, néanmoins, les deux

jeunes femmes en viennent finalement à bout. Ensemble, elles se penchent au-dessus de l'ouverture. Le lieutenant allume sa torche ; elle éclaire un escalier raide, en fer, aboutissant à un long couloir sur lequel donnent des portes grillagées.

— Des cachots ! s'exclame Alice. On croirait une prison du Moyen Âge.

— Il y a quelqu'un ? lance le lieutenant.

Alice croit alors entendre un faible gémissement. À toute vitesse, Mme Masters et elle descendent l'escalier. Le lieutenant de police promène le faisceau de sa torche entre les barreaux de la première cellule. C'est une petite pièce, humide et sombre ; une haute fenêtre à barreaux laisse filtrer une faible lumière. Elle est vide, tout comme la deuxième et la troisième. Soudain, un cri plaintif s'élève, plus fort. Il vient de l'extrémité du couloir.

— Ouvrez-moi ! Au secours !

Elles courent en direction de la voix. Une femme s'accroche désespérément aux barreaux de la dernière porte. Elle a l'air terrorisée.

— Vous êtes Floriane ! dit vivement Alice.

— Non... non ! je suis Mlle Lafleur, répond la prisonnière après un instant d'hésitation.

— On parlera de ça plus tard.

En hâte, Alice tire un gros verrou fixé au bas de la porte et, avec l'aide de Mme Masters, elle soutient la malheureuse et l'emmène vers l'esca-

lier. La pauvre femme est dans un tel état de faiblesse qu'elles doivent presque la porter.

— Qui vous a enfermée ici ? demande doucement le lieutenant. On vous a maltraitée ?

— On m'a donné à boire et à manger, mais
je ne sais toujours pas pourquoi on m'a emprisonnée !

Répondant aux questions d'Alice et de
Mme Masters, elle leur raconte qu'un homme est
venu la chercher à sa ferme et l'a emmenée en
voiture. Il lui a présenté sa carte de fonctionnaire.
Quand ils sont arrivés à destination, il faisait nuit.
On l'a introduite de force dans une grande bâtisse
à peine éclairée et on l'a aussitôt enfermée dans
une cellule.

— On m'a dit que c'était parce que ma déclaration de revenus était inexacte. Je n'y comprends
rien ! Qu'est-ce qu'il m'arrive ?

— Beaucoup de choses se sont passées depuis
que vous avez quitté River City, commence Alice.

— Qu'est-ce que vous voulez dire ?

— Vous êtes Floriane. Vous pouvez le reconnaître maintenant, déclare Alice avec douceur.

— Non, non, je ne suis pas Floriane, s'obs-
tine la femme.

— Vous savez où vous êtes en ce moment ?
reprend la jeune fille.

— Pas du tout.

— Dans le château Trabert.

— Le château... vous voulez dire... John... ?

— John est mort depuis quelques années, répond Alice. Il n'a jamais cessé de penser à vous et il vous a légué tous ses biens.

— John... mort ! gémit la malheureuse. Et jusqu'à la fin, il a songé à moi telle qu'il me connaissait : une grande artiste, belle et gaie. Il n'aura jamais vu ces jambes déformées et cette démarche de boiteuse. Oh ! laissez-moi. Je veux revenir dans ma petite ferme, avec mes fleurs.

— Vous ne voulez pas du château ? demande Mme Masters.

— J'aimais le domaine, parce que c'est là qu'habitait John, dit-elle d'une voix brisée, là qu'on s'est connus. J'ai disparu parce que je ne supportais pas l'idée qu'il me voit handicapée, je ne voulais pas lui imposer une femme malade. J'ai peut-être réagi comme ça par fierté... Non ! Je préfère terminer mes jours dans ma ferme.

— Mais votre sœur Vera a besoin de vous, insiste Alice. Elle est veuve, malade, et elle a une petite fille, qui vous ressemble beaucoup.

— Une petite fille ? murmure-t-elle. Où est-elle ?

— Sa mère et elle vivent à River City, dans un quartier misérable. La petite s'appelle Roseline. Elle aussi aime beaucoup les fleurs et le jardinage. Je ne peux pas vous raconter ici toute leur histoire, mais elles ont besoin de votre aide, je vous le répète.

— Si j'avais su ! Comme j'ai été égoïste dans mon chagrin !

— Roseline serait si heureuse dans ce parc ! intervient Mme Masters.

— Il est toujours aussi beau ? demande Floriane.

Alice atténue un peu la vérité :

— Il a été très négligé. Mais on peut le remettre en état.

— Oui... comme il l'était du temps de John !

La voix de Floriane s'est faite rêveuse. Les trois femmes sont enfin parvenues au pied de l'escalier. Après s'être un peu reposées, elles s'engagent sur la première marche, quand un bruit leur fait dresser la tête. La trappe vient de se refermer au-dessus d'elles et une voix d'homme ricane :

— C'est bien fait pour vous ! Essayez donc de vous en sortir maintenant !

L'inconnu s'éloigne. Et le silence retombe sur les oubliettes.

chapitre 24

Karoja triomphe

Alice gravit quatre à quatre les marches de fer et pousse la trappe de toutes ses forces, sans succès. L'issue est solidement bloquée.

— On est prisonnières ! s'exclame-t-elle. Hector Karoja nous guettait. C'est pour ça que la porte du château était ouverte. C'était un piège !

Plus inquiète encore que la jeune fille, Mme Masters parvient toutefois à garder son calme :

— Ne vous en faites pas. Si quelqu'un quitte le parc, il sera tout de suite arrêté par les policiers de garde. Et quand ils verront qu'on ne revient pas, ils se mettront à notre recherche.

— Madame, est-ce que vous avez votre sifflet ? lance vivement Alice.

— Oui, bien sûr, et mon revolver aussi.

— Alors, rien n'est perdu ! Je vais vous faire

la courte échelle ; comme ça, vous pourrez atteindre la fenêtre d'une cellule et alerter les policiers.

Laissant Floriane assise sur la dernière marche, Alice et Mme Masters pénètrent dans la première cellule. Heureusement, la jeune femme n'est pas lourde ; debout sur les épaules d'Alice, elle s'agrippe aux barreaux et donne plusieurs coups de sifflet.

— Si ça ne suffit pas, je tirerai quelques coups de revolver.

Et elle saute avec légèreté sur le sol.

Alice va s'asseoir à côté de la pauvre danseuse et s'efforce d'en savoir un peu plus. Réticente d'abord, Floriane finit par répondre à ses questions.

— Est-ce que John Trabert vous a offert une grosse perle ?

— Non, il m'en a juste parlé. Il voulait me l'offrir pour notre mariage.

— Est-ce qu'il vous donnait un surnom ?

— Oui, il m'appelait Cendrillon, répond la malheureuse en esquissant un sourire. Je me souviens qu'un jour, il a voulu conserver la trace du chausson de danse que je portais dans le ballet *Cendrillon.* C'était un petit chausson bordé d'hermine qui représentait la pantoufle de verre. L'empreinte a été gravée dans une pierre qu'il a fait sceller au-dessus de la fontaine...

— Il a eu une excellente idée ! s'exclame la

jeune fille. Cette empreinte permettra de confondre la femme qui se fait passer pour vous. Et...

Soudain, elle s'arrête.

— Écoutez ! chuchote-t-elle.

Des pas et des voix résonnent au-dessus d'elles.

— Où êtes-vous ? lance une voix.

Guidant ses collègues avec son sifflet, Mme Masters parvient à les amener jusqu'à la trappe. Cinq minutes plus tard, les trois prisonnières se retrouvent à l'air libre.

— Qui est-ce ? demande un policier à la vue de Floriane.

La danseuse révèle alors elle-même son identité. Alice la prie de ménager ses forces, mais Floriane déclare qu'elle se sent déjà beaucoup mieux.

— Qui vous a enfermée ici ? s'enquiert le policier.

— Je n'en suis pas absolument certaine, répond la détective à la place de Floriane, mais je pense que c'est M. Karoja. Il a dû s'enfuir.

— Oh ! mais non ! s'écrie une voix triomphante. On l'a attrapé au moment où il sortait par la vieille grille, avec ces deux complices.

À cet instant, plusieurs policiers apparaissent, encadrant Hector Karoja, Cobb et Biggs.

— C'est inadmissible ! proteste l'avocat. Ça ne va pas se passer comme ça !

Alice prend alors la parole. Froidement, elle accuse publiquement Karoja d'avoir volé des objets de valeur au château, ainsi que des bijoux de grand prix et de les avoir revendus pour son compte personnel. Elle déclare que, grâce à des photos, elle est en mesure de prouver ce qu'elle avance.

— Et il y a pire ! Vous étiez censé rechercher l'héritière du domaine mais vous vous en êtes bien gardé ! Vous n'avez pensé qu'à une chose : vous approprier l'héritage, et pour ça, vous n'avez pas hésité à présenter une complice qui s'est fait passer pour Floriane. Quand vous avez découvert que j'étais sur la piste de la vraie danseuse, vous l'avez enlevée et emprisonnée dans les oubliettes du château même qui devait lui revenir !

— Ridicule ! s'emporte l'avocat. Ce ne sont que des mensonges !

Alice s'écarte et désigne Floriane, assise sur une marche d'escalier un peu en retrait.

— Et alors ? hurle l'avocat au comble de la fureur. Ce n'est pas moi qui ai amené cette femme ici. Elle n'a qu'à prouver que c'est elle, Floriane ! Elle, une danseuse ? Non, mais regardez-la ! Regardez ses jambes !

— Oui, je suis Floriane et je peux le prouver, réplique celle-ci. L'empreinte de mon chausson de danse est gravée dans une pierre du château.

— Aucune importance. La vraie Floriane est à l'*Hôtel de la Cloche*. Elle possède une preuve irréfutable de son identité : un message signé de la main de John.

— Vous voulez sans doute parler d'un demi-message ? réplique Alice. Parce que c'est moi qui ai l'autre moitié.

Cobb et Biggs se regardent, interloqués.

— Vous ? Vous l'avez trouvée où ?

— Dans l'usine. Après l'explosion.

Les deux hommes baissent la tête, confondus. Ils sont bien obligés de reconnaître qu'ils se sont rendus à la fabrique Trabert. Et Biggs ajoute :

— Hooker a trouvé ce message dans un bureau que le patron, enfin, M. Karoja, avait vendu. Il l'a déchiré en deux morceaux, et il en a donné un au patron en pensant que celui-ci lui paierait une grosse somme pour avoir le tout. Et puis, il a bêtement perdu celui qu'il avait gardé.

Alice ne s'était pas trompée. Cobb et Hooker ne forment qu'une seule et même personne. Quand elle lui demande s'il est le père de Jeddy, l'homme acquiesce de la tête.

— Ça explique pourquoi le garçon se promenait souvent dans la propriété, dit alors la jeune fille. Roseline lui a appris que sa tante était l'héritière du château Trabert et qu'elle avait disparu, et il vous l'a répété. Vous avez contacté Biggs, que vous connaissiez probablement déjà et qui soupçonnait son ancien employeur d'avoir caché des choses précieuses dans les murs du château. Vous avez ensuite persuadé M. Karoja de vous engager à son service, en lui promettant de trouver le trésor. Mais, quand vous avez mis la main dessus, vous l'avez gardé pour vous !

— Je ne connais pas ces hommes. Je ne suis au courant de rien ! proteste l'avocat.

— Monsieur Karoja, les charges qui pèsent sur vous sont très lourdes, intervient avec calme Mme Masters.

— Je vous répète que je n'ai jamais vu ces hommes ni cette femme ! hurle-t-il, furieux.

Un long silence accueille ses paroles. Tout à coup, Floriane se lève. Ses yeux lancent des éclairs et, la main tendue vers Karoja, elle articule :

— Arrêtez cet homme ! Arrêtez-le pour enlèvement !

— Ne l'écoutez pas, elle est folle ! s'indigne l'avocat.

— La nuit où vous êtes venu me chercher chez moi, vous portiez un déguisement, reprend l'ancienne danseuse. C'est pour ça que je ne vous ai pas reconnu tout de suite. Mais votre voix, je la reconnaîtrais entre mille ! Je porte plainte !

Enfin, Karoja comprend qu'il a perdu la partie. Trop de preuves s'accumulent contre lui. Mais il ne veut pas s'avouer vaincu pour autant. D'une voix tremblante de rage, il apostrophe Alice :

— Vous vous êtes crue maligne en voulant vous occuper de cette affaire, petite idiote ! Ah ! Vous avez voulu jouer la généreuse, offrir un trésor, de l'argent à Floriane ! Eh bien, vous vous êtes lourdement trompée. En dehors du château, il ne reste rien. Plus un sou !

chapitre 25

Le château du bonheur

Les policiers mettent fin à cette scène pénible en emmenant leurs prisonniers. Mme Masters, Alice et Floriane prennent le chemin de la maison des Fenimore. Quand elles arrivent devant la porte, l'ancienne danseuse prie Alice d'aller avertir sa sœur de l'état dans lequel elle se trouve et de lui faire un résumé des événements.

Lorsque la jeune fille apprend à Mme Fenimore qu'elle va enfin revoir sa véritable sœur, la joie de la jeune femme est si profonde qu'Alice en est bouleversée.

— Je me moque pas mal de l'argent et du château ! Je suis tellement heureuse que Flossie soit vivante et qu'on soit enfin réunies !

Avec tact, Alice lui parle alors du handicap de Floriane. Avant même qu'elle ait terminé sa phrase, Mme Fenimore se précipite au-dehors,

211

ouvre la portière de la voiture et, retrouvant quelques forces, aide sa sœur à descendre et à entrer dans le salon. Le bonheur des deux femmes et de la petite Roseline, enchantée par sa vraie tante, fait plaisir à voir.

Toutefois, durant les jours qui suivent, Alice tourne et retourne dans sa tête les divers aspects du problème. Elle se refuse à considérer l'affaire comme résolue. En effet, si Floriane a confié la défense de ses intérêts à M. Roy et si celui-ci s'est empressé de déposer une plainte contre Karoja et ses complices, les renseignements qu'il a recueillis sur l'état de l'héritage sont loin d'être encourageants.

Cobb et Biggs reconnaissent ainsi avoir trouvé dans le cloître des fioles contenant des échantillons de teinture, mais prétendent les avoir vendus, et avoir dépensé tout l'argent qu'ils en ont tiré. De son côté, Karoja a liquidé tous les objets de valeur et dilapidé l'argent dont il avait la gestion. Ses relevés de comptes font mention de sommes considérables versées à diverses agences de renseignements privées sous prétexte de chercher la disparue. Rien de tout cela n'est vrai. En fait, l'escroc s'est purement et simplement approprié la majeure partie de l'héritage.

— Je crois qu'on ne pourra rien récupérer, explique M. Roy à sa fille. Karoja a dilapidé toute la fortune de Floriane.

— Et la perle de John Trabert ? Tu l'as retrouvée ?

— Non. Je continue mes recherches, mais sans grand espoir. Avant de mourir, John Trabert a confié une lettre à son notaire, en le chargeant de la remettre à Floriane. Dedans, il a indiqué les endroits où il a caché certains objets précieux et, surtout, ses échantillons de teinture. J'ai tout fait fouiller, on a même déplacé la pierre qui porte l'empreinte du chausson de Floriane. Toutes les cachettes sont vides. Floriane voudrait conserver le château, mais elle n'en a pas les moyens. Elle a tout juste de quoi exploiter sa ferme.

Pendant plusieurs jours, Alice ne cesse de réfléchir au problème de Floriane et de son héritage. Enfin, un matin, une idée lui vient. Elle sort en courant de sa maison, monte dans son cabriolet et, quelques instants plus tard, roule en direction du vieux bateau de Méptit. Le pêcheur de coquillages la salue joyeusement. Il l'écoute sans l'interrompre, tandis qu'elle expose d'une seule traite le projet qu'elle vient d'élaborer. Puis il hoche la tête.

— Bien sûr, bien sûr ! C'est pas bête, l'ennui c'est qu'il n'y a plus un seul pourpre près de la fabrique. Celui qui a taché la robe de votre amie devait être le dernier survivant de son espèce.

— Et sur la rive, près du château ? Vous l'avez explorée à fond ?

— Oh ! non ! Je n'ai eu le temps de ramasser

qu'une douzaine de palourdes le jour où je me suis fait démolir le portrait par ces brutes.

— On peut y aller maintenant ?

La jeune fille emmène le vieux marin jusqu'à l'embarcadère Campbell, où elle loue une vedette rapide et, bientôt, ils mettent pied sur la rive près du passage menant au cloître du château.

— Regardez tous ces trous dans le sable, dit Alice au bout d'un moment. Vous croyez ...

Le vieux marin se met à l'ouvrage. Peu après, il ramène l'un après l'autre plusieurs coquillages :

— Ce sont des pourpres ! s'exclame-t-il. De ceux qui ont de la teinture.

Alice exulte.

— Bravo, ma p'tite ! Vous avez deviné juste.

La jeune fille sent un grand poids lui tomber des épaules. Floriane aura un revenu assuré. Elle pourra remettre en état le parc et le château.

— Et maintenant, décide-t-elle, il faut que j'aie un petit entretien avec Cobb et Biggs...

Elle se rend à la prison et demande à parler d'abord à Biggs. Comme il en est à son premier méfait, elle pense qu'il parlera plus facilement que Cobb, voleur endurci. Elle lui fait donc part de sa récente découverte et lui dit que les juges se montreront plus cléments s'il fait preuve de bonne volonté.

— C'est bon, grogne-t-il. Après tout, je n'ai rien à perdre.

Il révèle alors à la détective qu'une formule

était attachée à chaque fiole de teinture. Cobb voulait les jeter, pensant qu'elles n'avaient aucune valeur, mais Biggs les a cachées sous une dalle du cloître.

Alice ne fait qu'un saut jusqu'à l'étude de son père et lui annonce cette bonne nouvelle. M. Roy regarde sa fille avec fierté.

— Alice, ma chérie, tu vas faire le bonheur de trois personnes qui ont beaucoup souffert. C'est formidable !

— Et ce n'est pas tout, j'ai une autre idée ! Je t'ai parlé de la fontaine, juste à côté du mur où est gravée l'empreinte du chausson de danse de Floriane. Eh bien, je me demande si l'eau n'aurait pas des qualités insoupçonnées. Je voudrais la faire analyser. Je cours au laboratoire !

Quelques jours plus tard, la jeune fille reçoit les résultats des tests : l'eau de la fontaine possède effectivement de grandes vertus curatives pour les affections osseuses. Il ne reste plus qu'à la faire mettre en bouteille et à la commercialiser, ce que l'ancienne danseuse fait faire aussitôt, avec l'aide de M. Roy. Grâce à ces deux sources de revenu, Floriane peut enfin faire restaurer le château et redonner au parc l'aspect qu'il offrait du temps de John. Elle s'installe dans la belle demeure avec sa sœur et Roseline.

Quelques mois plus tard, Alice, Bess, Marion, M. Roy et Mme Masters sont officiellement invités à visiter le domaine dans toute sa splendeur retrouvée. La grande grille est ouverte. Les visiteurs s'engagent dans une large allée, bordée de haies taillées et de hauts arbres. Les jeunes filles échangent un regard amusé en se remémorant la forêt vierge dans laquelle elles se sont aventurées il n'y a pas si longtemps.

— Je n'ai plus peur maintenant, déclare Bess en riant.

— Vous vous souvenez de ces yeux qui nous guettaient derrière un érable ! Eh bien, c'étaient ceux de Cobb, dit Alice, il a fini par l'avouer. C'est également lui qui a foncé sur notre canot lors de notre première excursion par la rivière.

— Au fait, que sont devenus Mme Hooker et Jeddy ? demande Marion.

— Mme Hooker travaille, répond le lieutenant de police. Quant à Jeddy, je l'ai fait admettre dans un centre de rééducation ; il a été surpris en train de voler un sac.

— Et c'est lui qui avait volé ma perle ! s'exclame Alice. Je vous remercie de l'avoir retrouvée, madame Masters.

Les visiteurs descendent de voiture devant le château. Les parterres sont recouverts de fleurs multicolores, qui embaument l'air de leur parfum délicat. Le gazon ressemble à un tapis de velours émeraude, les oiseaux chantent. Des pigeons blancs volettent au-dessus des arbustes et vont se percher sur les tourelles. L'un d'eux se met à roucouler.

À ce son, Alice sursaute.

— Je n'arrive pas à y croire ! Quand je pense que je me suis retrouvée enfermée dans une tour parce que je croyais avoir entendu quelqu'un appeler. Et en fait, ce n'était qu'un pigeon en train de faire la cour à sa dame !

— Eh bien bravo, mademoiselle la détective, s'exclame Marion en éclatant de rire. Je me demande comment tu arrives à résoudre des énigmes aussi compliquées si tu ne sais pas faire la différence entre un cri humain et un roucoulement d'oiseau !

— Oui ! mais dans ce décor sinistre, on peut se tromper, murmure Alice, en rougissant.

Bess attire alors l'attention de ses amies sur des enfants qui jouent non loin d'elles. Quelques-uns sont dans des fauteuils roulants, qu'ils manient avec une surprenante dextérité.

— Floriane accomplit un travail incroyable avec ces petits, dit Mme Masters. Et Roseline est devenue une très gentille petite fille. Elle aide beaucoup sa tante depuis qu'elle a ouvert cette institution spécialisée au château.

— Quel genre d'institution ? demande M. Roy.

— Floriane fait travailler les petits paralysés, avec l'aide d'un psychomotricien. Et c'est Roseline qui leur montre comment exécuter les mouvements. Elle prend aussi des cours de danse maintenant et a beaucoup de talent, vous savez.

Elle promet d'être une excellente danseuse. Sa mère et sa tante sont ravies.

Floriane, Vera et Roseline attendent leurs invités devant le château. Elles les accueillent avec chaleur et leur font visiter le domaine. La splendeur retrouvée des lieux fait autant plaisir à voir que le bonheur des trois hôtesses. La journée se passe à merveille, chacun profitant au maximum de l'ambiance heureuse qui se dégage désormais du château Trabert.

Après le thé, M. Roy sort de sa poche un petit écrin qu'il tend à Floriane.

— C'est une petite surprise, dit-il simplement.

Intriguée, Floriane remercie l'avocat, puis soulève le couvercle. Une énorme perle apparaît sur le fond de velours pourpre. Les yeux de l'ancienne danseuse se remplissent de larmes lorsqu'elle lit :

À ma chère Cendrillon.

— Je la porterai toujours, en mémoire de John, murmure-t-elle d'une voix empreinte de nostalgie. Je suis tellement heureuse ! Comment est-ce que vous avez pu la retrouver ?

— Hector Karoja l'a vendue sans faire attention à ce qui était écrit à l'intérieur de l'écrin. L'acheteur l'a vu, lui, et quand il a appris par les journaux que la véritable héritière du château Trabert, la danseuse qui s'était rendue célèbre dans le ballet de *Cendrillon*, avait réapparu, ça lui a mis la puce à l'oreille, et il a contacté papa, explique Alice. Vous pouvez le remercier, lui aussi.

Très émus, tous regardent le soleil baisser à l'horizon. Jamais les ombres qui s'allongent sur les dalles du cloître n'ont été plus belles.

Table

« Pour l'éditeur, le principe est d'utiliser des papiers composés de fibres naturelles, renouvelables, recyclables et fabriquées à partir de bois issus de forêts qui adoptent un système d'aménagement durable. En outre, l'éditeur attend de ses fournisseurs de papier qu'ils s'inscrivent dans une démarche de certification environnementale reconnue. »

Composition *JOUVE* - 62300 Lens

Imprimé en Roumanie par G. Canale & C. S.A.
Dépôt légal : août 2011
20.20.1180.7/05 - ISBN 978-2-01-201180-9

Loi n° 49-956 du 16 juillet 1949
sur les publications destinées à la jeunesse.